徐明德

著

阳光 海州湾的

中国书籍出版社
China Book Press

图书在版编目（CIP）数据

海州湾的阳光 / 徐明德著 . — 北京：中国书籍出版社，2018.10

ISBN 978-7-5068-7023-8

Ⅰ . ①海… Ⅱ . ①徐… Ⅲ . ①散文集－中国－当代

Ⅳ . ① I267

中国版本图书馆 CIP 数据核字 (2018) 第 223423 号

海州湾的阳光

徐明德　著

图书策划	牛　超　崔付建
责任编辑	邹　浩
责任印制	孙马飞　马　芝
出版发行	中国书籍出版社
地　　址	北京市丰台区三路居路 97 号（邮编：100073）
电　　话	（010）52257143（总编室）（010）52257140（发行部）
电子邮箱	eo@chinabp.com.cn
经　　销	全国新华书店
印　　刷	三河市华东印刷有限公司
开　　本	650 毫米 ×940 毫米　1/16
字　　数	161 千字
印　　张	14
版　　次	2019 年 1 月第 1 版　2019 年 1 月第 1 次印刷
书　　号	ISBN 978-7-5068-7023-8
定　　价	42.00 元

目录

杂花生树

诗心如初

人物风采

杂花生树

我的菜园

南瓜的藤蔓又开始疯狂了，它高举着火炬般的花朵，四处招蜂惹蝶，不经意间，便在菜地里留下各种肤色婴儿般大小的南瓜，横七竖八，千姿百态，菜园子显得充实和温暖。

冬瓜则显得很低调，它悄无声息地钻进草丛里或树枝下面，一声不吭，你甚至看不到它何时开花，可是某一天，当你随意拨开草丛或树枝，就会突然发现一个个硕大的冬瓜如同一枚枚导弹，或立或卧，让你惊喜不已。原来，冬瓜的低调隐藏着一个小小的"阴谋"。

前年在地铁上偶遇一位诗人朋友，在他的引导和帮助下，我有幸在远郊的山水之间购得一所带院子的小屋。房子一般，院子却让我兴奋不已，竟然有几分荒地可以耕种，可地下却全是寸草不长

的沙石，我没有为难，反而激起了要征服它的欲望。我抡起镐头铁锹，拿起锤子錾子，最后甚至借来风镐，每日挖石不止。然后运走沙石，再运来可以耕种的好土，埋下修剪草坪剪下的青草和树叶做底肥，再铺上掺入豆饼肥的好土，一块块上好的菜地便落户我的小院了。

翻地、栽种、移苗、施肥，当午锄禾，黄昏浇水，二十几种蔬菜每天伴我日出月落。小葱韭菜香甜了我的生活，马铃薯蹲窝产卵，四季豆则高挂着一串串鞭炮般的果实，西红柿打着灯笼天天过节，黄瓜架里吊着一根根棒槌，丝瓜花吹着金色的喇叭伴着蝈蝈每天歌唱，苦瓜、苋菜、香菜、木耳菜、空心菜、菊花脑各自展示它们的风姿，散发着它们独特的清香。

我特别要感谢的是另一群每天都要来访的朋友，无论我在与不在，他们都会成群结队的来访，替我捉虫，他们是布谷鸟、斑鸠、百灵、山雀，还有大个子的灰喜鹊……一开始鸟儿胆小，我善意的举动也会把它们惊飞，后来见我并不伤害它们，有时还会撒一些谷米，渐渐的，我干我的活，它们捉它们的虫，时而还会唱几声，那可是真正的天籁之音。

有时回城小住，心却留在了菜园：黄瓜该浇水了，西红柿该打杈了，木耳菜该施肥了，韭菜该割了，豆角该摘了……于是忍不住又赶回去。回去不进房门，首先是去看望我的菜园。我的菜园诚实忠厚，说它诚实忠厚一点也不夸张，你种下青菜，它不会长成豆角；你种下甜瓜它不会结出苦瓜；你浇水施肥，它就报以丰硕的果

实。和菜园打交道，远比和人打交道容易，也简单多了。

更让我惊喜的是，几年的种菜生活，我的赘肉没了，困扰我多年的"三高"也不见踪影，即使连续干几天重活也不觉劳累，精力似乎比以前充沛许多。

朋友来访，忍不住绿色时蔬的诱惑，自己动手采摘，然后大包小包，满载而归。

有朋友问我，你天天在这里种菜，就没有别的想法吗？我用自拟的一副对联回复他，上联：缸内有米园内有菜坛中有美酒卡上有小钱；下联：树林有鸟庭院有花案头有诗书世间有知己；横批：还要咋地？

原载《江苏作家》2015 年第 4 期

海州湾的阳光

曾经是一个谜。

地处海州湾的赣榆县水稻单产全国第一，同样的土壤，同样的肥料和管理，唯独这里的水稻产量最高，是何原因？为了解开这个谜，农业专家汇集海州湾调查研究，最终的谜底是：阳光！

由于地理位置特殊，海州湾不仅光照时间长，而且强烈。据说当年秦始皇东巡到此，发现这里的光照极好，便给这里取名"日照"，这就是紧邻赣榆的山东日照。如果这位始皇帝当年能作进一步的考察，"日照"之称当属如今的赣榆了。夏日的一段时节里，太阳直射这里的大地，人们可以从很深的井里看到太阳，这不能不说是一种奇观。

这里不仅水稻单产最高，就连当地人爱喝的"夹谷春"茶也不同其他茶叶。由于光照充足，昼夜温差大，因而茶叶的营养含量高，一杯茶反复冲泡，喝上半天，茶色依然浓郁，不像江南绿茶，两杯一过，便淡然失色了。

当你一走进赣榆，你就会看到，这里的阳光不仅恩惠于土地，而且明显地写在人们的脸上。黝黑，几乎成了赣榆人的一种标志。1994年夏，江苏作家聚会海州湾的秦山岛，那一天虽然还是薄云蔽日，太阳若隐若现，但只是半日时光，有人就面红耳赤，次日颈部开始脱皮了。

由于大气的污染，久居都市的人们总是感到天空是朦胧的，而这儿的天空和阳光都是真实的，野生的。难怪天文学家早就把紫金山天文台的太阳观测站设在这儿的大吴山上。

由于阳光的特殊恩惠，海州湾的花果山才四时好花常开，八节鲜果不绝。山上独有一种冬天成熟的冬青桃，味香汁甜。我想，也许正是因为连冬天都有鲜桃吃，美猴王及其同类才选择花果山为家。遥想当年吴承恩登上此山，戏猴看云起，伴鹿听松涛，满山的怪石或人或兽，似乎也都有了生命，一部旷世之作《西游记》便在他的心中萌生。

海州湾神奇的阳光孕育了神奇的花果山，神奇的花果山孕育了神奇的《西游记》。当人类进入21世纪，海州湾又升起了一轮新的太阳——田湾核电站，它还是迄今为止我国建造的最大核电项目。这轮新的太阳将为海州湾乃至更广阔的地域带来更加神奇的阳光，

为我们的生活带来不可预知的变化。倘若吴承恩地下有知，或许会写出一部新的更加神奇的神话故事来。

原载《新华日报》2002 年 10 月 13 日

百里槐花梦

故乡在苏北赣榆，曾经归属于鲁南。十几年前，每次回老家，必经马坝，洪泽湖大堤。下湖堤，过武墩，穿淮阴，归乡之路方才过半。

遥遥归乡路，记忆最深的唯有洪泽湖大堤和湖堤上的百里槐花。

车过三河闸，便驶上洪泽湖大堤，刚入大堤，你可以看到，大堤以西，是烟波浩渺的湖水，湖面上渔帆点点，白鸥翻飞；大堤以东，则是万顷良田，一片葱绿。车行片刻之后，两旁的美景便被槐树林遮掩。大堤弯弯曲曲，曲曲弯弯，槐树密密匝匝，绵绵不尽，车行其间，如同进了迷宫，若是春天，槐花盛开，青枝绿叶上，串串百花，如雪如银，风吹树林，若从空中俯瞰，那便是一条波浪翻滚的银河，或是一条随风飘舞的百里哈达。车行其间，你会情不自

禁地打开车窗，一阵阵甜丝丝的槐花香味扑鼻而来，沁人心脾。此时，长途旅行的闲倦与疲惫会一扫而光；层层嫩绿，串串银白，阵阵花香让你赏心悦目，心旷神怡，让你沉醉于大自然的恩宠之中。

而我，对于槐树更多的是感激。童年的春天，槐树绿了，我们饥饿的眼睛也绿了，是槐树花，糠菜饼救了我们。记得那一年，槐花吃完了，年幼的妹妹采来槐树叶，原以为肥嘟嘟又柔软又有肉感的槐树叶也同槐花一样香甜可口，谁知吃起来却又苦又涩，难以下咽，但它毕竟填了胃肠，让我们渡过了难关。

我不禁想到，若是时光倒流，眼前这绵延百余里的槐花林，将会是多少饥民的救命之物？

自从有了宁连高速公路，回家的路，车快路短，千里故乡一日还，再也不走洪泽湖大堤了，再也看不到百里槐花了。可是，每当我路过三河大桥，便要引颈西望，我知道西北方向就是那百里长堤，然而，即便是晴好天气，也只能看到天边的一抹绿线，唯有在思乡的睡梦中，我依然穿行在满是槐花的百里长堤……

今年九月初，应淮安市领导的盛情邀请，我们一行数人重游淮安，淮安焕然一新，充满现代气息的城市建筑，风光秀丽，气势恢宏的大运河文化广场，生机勃发，日新月异的经济开发区让人目不暇接，瞠目结舌；舟船如织的五河口黄金水道，田园风光的马头镇，重建中的韩侯故里，让人流连忘返，浮想联翩。令人遗憾的是我未能重上阔别已久的洪泽湖大堤，未能见到魂牵梦萦的百里槐树林。

回到南京，听说槐花炒鸡蛋已成为洪泽老百姓的一道名菜，味

道别具一格。当年的救命之物如今已成为一道美食，真让人感慨万千！

槐花，槐花，百里槐花，叫我如何不想它！

原载《扬子晚报》2003 年 9 月 20 日

芦花深处

西出高邮城，就是京杭大运河的东堤，登上大堤，视野顿时开阔起来。

大堤以东，良田万顷，尽管时值秋日，却依然郁郁葱葱，生机盎然。举目西望，便是烟波浩渺、一望无际的高邮湖了。午后的阳光在湖面上撒满碎金白银，望得久了，就有些眼花。

沿着运河大堤驱车北上，两旁杨柳依依，清风送爽。绿野、碧波、杨柳、清风，心中便充满诗意。心情一好，时间就过得快，心中的诗句尚未酿成，就到了一个叫"界首"的小镇。

下车。乘轮渡。过运河。

翻过运河的西大堤，就是高邮湖的一个小码头，码头里停满各式船只：大船、小船、水泥船、木船、舢板……

乘上一只白色汽艇，刚刚坐稳，汽艇就一声吼叫，仰头冲向湖中，身后犁出一道雪白的浪谷，波涛荡开，水鸟惊飞。

很快就远离了岸，靠近湖中的一小块陆地，我们跳下汽艇，爬上一座木结构的瞭望塔。原来这里地处高邮湖的东北部，极目南望，才能看到大片的湖水，而此处的主角已不再是水了，而是大片大片的芦苇。数万亩的芦苇覆盖了湖面，纵横的水道与土堤穿行其间。从瞭望塔上远眺，几乎满眼都是芦花，让人不由得想起《诗经》中的经典诗句：

> 蒹葭苍苍，
> 白露为霜。
> 所谓伊人，
> 在水一方。

这里虽然没有找到所"谓"的"伊人"，却找到了久违的心情。

换乘木船，沿着芦苇中的水道缓缓深入。放眼望去，芦苇映掩着的水道一眼望不到尽头，后来才知道，这里的水道每条都有几公里长。水道两岸之外，是一方连着一方的鱼塘、蟹塘；水道两侧的水面上，长满了菱叶和水草，从船上随意伸手一捞，就能捞出一串菱角，用手一掰，粉红色的菱肉又脆又甜；几只水鸟总是在船的前方表演水上滑行——"啪，啪，啪……"一滑就是百余米，有人说，小鸟在为我们开道呢。

海州湾的阳光

偶有渔船停靠在水边，船门敞开，无人。上船细瞧，船屋整洁光亮，生活用具一应俱全，有的还很时尚。人呢？有人答：摇着小船去听"渔家乐"诗歌朗诵会去了。

赶到朗诵会现场，已近黄昏。夕阳为湖面镀上一层金黄。一条大船在水中搭起一座舞台，舞台上还铺了红地毯。左前方的几条大船和栈道上挤满了渔民观众，一群小学生挤到最前面船舷边上；舞台右边，一排杨柳轻拂湖面，几只小船来来往往；夕阳尚未落下，一轮明月却悄悄地挂在了舞台正前方的天空中。

悠扬的音乐声中，"渔家乐"诗歌朗诵会开始了。一首首激情飞扬的诗篇，一首首优美动听的歌曲，点燃了人们欢乐的情绪，给人一种奇妙的感觉。受现场气氛的感染，我也随即写下几句："一湖碧波半湖花／满船诗情向天洒／欲知欢乐有几多／芦花深处问渔家。"

不知何时，舞台的前方水中划过来一只小船，船上是一对老年渔民夫妇，老大爷双手抱桨，身子斜靠在船帮上，老大妈则坐在船头，他们听得入神，一副悠然自足的样子，他们或许没有听懂每一首诗的含义，但是，他们一脸的幸福表情在告诉我：此刻，他们是欢乐的。

2006.11.11

原载《雨花》2007 年增刊

湖之韵

乘车西出昆山，转眼间便可望见一片漫无边际的碧波，这就是闻名遐迩的阳澄湖。

远望阳澄湖，夕阳之下，波光粼粼，浮浪跃金，白鸥翻飞，渔歌相闻；泛舟湖中，舟船荡起层层涟漪，宛如湖水的笑容；俯下身去，掬一捧湖水，细细品味：软软，柔柔，甜甜……

阳澄湖水是一首诗，诗的韵脚是：美！美景、美味、美思……

湖水孕育了美景。这里只说秋季，只说湖畔。岸边的芦苇随风摇摇，此起彼伏，如波似浪，无边无际。洁白的芦花如绒似雪，飘然欲飞，岸边的农田里或堆金积银，或碧绿如茵，整洁的田间公路四通八达，平坦如砥；公路两旁一丛丛的孝顺竹，无风时青翠挺拔，微风吹来，翩翩起舞；一排排木芙蓉开得五彩缤纷，婀娜多

姿，令人目不暇接，眼花缭乱；湖畔的高尔夫球场，白墙红瓦，小桥流水，绿草如毯，一望无际，田园风光中显露出高雅华贵的异国风情和贵族气息。你若身置此地，便会情不自禁地想起古人的诗句："人人尽说江南好，游人只合江南老。"

阳澄湖水孕育了美味。那一日到了湖畔的巴城小镇，湖中泛舟之后，热情好客的主人送上一捆我从未见过的可食之物，产于当地，状如芦柴，青青的，脆脆的，食前须将其坚硬的外皮剥去，如同甘蔗，但不是甘蔗，咬一节，细细咀嚼，甜美无比。其甜既不同于甘蔗，也不同于蜜糖，清香爽口，令人回味无穷，问主人，此物何名？主人答后，我却未能记住，只记住了它的甜美；湖中的大闸蟹更是远近闻名，阳澄湖沙质的湖底成就了大闸蟹的鲜美，也成就了大闸蟹的美名。金秋时节，大闸蟹籽肥膏满，其味之鲜，难以言传，只有亲口一尝，无怪乎秋天的阳澄湖畔热闹非凡，各地食客，慕名而来，巴城及其周围的螃蟹市场繁荣兴旺，日进斗金，富裕起来的农民脸上洋溢着发自心底的喜悦。

阳澄湖水不仅孕育了美景、美味，还滋润出一座美丽的城市——昆山，坐落在稻黄树绿的田园风光中的昆山城，呈现给人们的不仅仅是其现代化的丰姿，给人印象更深的是其洁整的环境，令人赏心悦目的绿茵花木和清新怡人的空气，或许是湖水的滋润，昆山的小伙子都很清秀，姑娘们个个水灵。更令人骄傲的是，昆山出了个名人顾炎武，他的一句名言："国家兴亡，匹夫有责"，警醒过多少仁人志士和普遍民众，从美学的意义上讲，他的这一思想是一

种真正的大美，美得让人难以企及。

走近阳澄湖，就是走近一首诗，你会时时刻刻地感受到她的韵律——美。

2003.9.14

原载《雨花》

飘雨的日子

　　南京东郊有一片山林，山林中有座植物园，三千多种植物相约而居，以阳光、空气和水为笔，以大地、自然和母亲为题，共同书写诗篇。

　　走进植物园，仿佛走进诗意的空间。欣赏植物园，如同欣赏诗篇。

　　春天，是植物园最美妙的季节。花，是植物们春天写下的诗。金黄耀眼的迎春花在红枫岗两侧列队受阅，蓬勃狂放的二月兰满坡撒野，玉兰、樱花在无叶的枝干上如云似锦，红花草在阳光下织出片片粉色的地毯，海棠、木瓜花燃起丛丛火焰，银线菊素雅高洁，忍冬暗香袭人……

　　五次作代会以来，每年春天，省作协都要在这里举办一期青年

作家读书班。来自全省各地的青年作家相聚在春天的植物园，沐春雨，听天籁，接地气，听讲座，谈读书，说创作。他们与植物共同呼吸，他们和植物一起生长。

由于不同寻常的原因，今年的读书班选在夏末秋初，此时的植物园若要用一个字来概括个，那就是：绿！淡绿、浓绿、浅绿、深绿、青绿、墨绿、鹅黄绿，树叶绿，空气绿，阳光也绿，绿得让人沉醉，绿得令人伤心……

这是一个飘雨的日子。开学的第一天傍晚，我和学员们相约，漫步于园中的自然小径。天空飘下细雨，学员们谁也没有在意，反而增添了兴致，大家像一群出笼之鸟，唱着歌，穿过幽林，踏过草地，绕进松柏园，钻入树木园。暮色渐浓雨渐大，学员们却情绪高涨，没带雨具的我们像一群无处躲藏的小鸡，依偎在大树下，大树给我们安全感，仰望遮空蔽日的树冠，耳听雨声、蝉声、虫鸣，我们如同进入梦幻世界。终于，大树也遮不住雨水了，跑吧！大家一起跑出树木园，虫鸣被我们踏停，鸟儿扑楞楞地惊飞……大雨倾盆而至时，我们已庆幸地聚集到园内的科普画廊下，你发感慨，我说故事，他讲笑话。一个小时过去了，雨渐渐小了，学员们冒着飘飘忽忽的细雨，在浓得化不开的夜色中返回，大家顾不上身上的雨水，一路跳呀，唱呀，乐呀，仿佛回到了童年时光。

课堂设在药物园的时珍馆，数百种鲜活蓬勃的中草药环绕着我们，李时珍手持药草日日注视着我们，课堂四周数千只蝴蝶标本簇拥着我们；早就如雷贯耳却未曾谋面的作家来了，南大的教授来

了，著名学者来了，他们带来思想，带来智慧，带来激情，他们或慷慨激昂，或流水潺潺，或细雨润物。学员们如株株花草，棵棵绿树，沐浴着思想的阳光，智慧的雨水，贪婪地呼吸着，生长着……

老师们带来的不仅仅是滋润的雨水，有时也带来闪电和惊雷。

"真正的文学是蘸着血泪写成。"

"德国诗人歌德告诫我们，'在文学的阵地上陈列着无数阵亡者的尸体，他们的死法各不相同，但他们有着共同的致命伤，那就是脱离了时代和人民。'"诗人赵凯又一次警醒我们！

课余，学员们徜徉于松柏园，树木园，他们倾听松柏的语言，接受大树的启迪；要做栋梁，必须向下，深深植根于大地，默默地汲取；向上，获取更多的阳光雨露，拼命拓展本不属于自己的空间，高些，更高些！然而，仔细观察，每棵树形态各异，植物园原本就拒绝太多的相同，因为它不是森林它是植物园，每棵树都因为它的独特而存在于此，那么，作家呢？文学呢？

有一年的读书班时值中秋。天老爷真是善解人意，中秋之夜，云破雾退，火星伴月，照亮夜空。学员们相约而行，宽阔的草坪，高耸的水杉，柔美的香樟，夹道欢迎的紫薇，都在明净高远的夜空下朦朦胧胧；闲适的蔷薇园，幽深的红枫岗，在夜色中显得神秘莫测，"明月几时有，把酒问青天，但愿人长久，千里共婵娟"，同学们一边吟诵诗句，一边欣赏月色，他们走走停停，不知不觉中，已经月上中天。几名学员意犹未尽，他们登上红枫岗，高声唱着，大声呼喊着。此时，紫金山上也传来月夜游山者的呼喊，他们一呼一

应,一唱一和,寂静的山林里似乎多了几分活力与生机。

转眼间,采风的日子到了,学员们兴致勃勃地看江宁,下长江,访镇江。风光秀丽的翠屏山,浩浩荡荡的长江黄金水道,清静幽雅的南山读书台,初展雄姿的润扬大桥,无不给学员们留下深刻的印象。在飞速行驶的中巴车里,学员们谈笑风生,然而,提前告别的学友们似乎提醒了他们:相聚在一起的时间越来越少了。此时,离别之情悄然涌上心头,尽管大家佯作波平如镜,但即将分别的伤感都激荡于心间,车厢里忽然平静下来,就在这时,驾驶员打开录音机,车厢里响起优美动听的歌曲;"为什么总在那些飘雨的日子里,深深地把你想起"几名同学轻声伴唱,也许是受了歌声的感染,渐渐地,全车的学员齐声合唱;"为什么总在那些飘雨的日子,深深地把你想起"一遍又一遍。我不经意间发现,不少学员的眼里闪着泪光。

是啊,谁能忘记2003年秋天的那期读书班?

谁会忘记植物园里那些飘雨的日子呢?

原载《江苏作家》2003年第3期

在《雨花》做编辑

1986 年至 1992 年初，我在《雨花》编辑部做了六年编辑，主要是看省城南京和江苏以外作者的小说、散文、报告文学稿。二十年过去了，许多事情似乎就在眼前。

主编叶至诚的和善可亲，副主编周桐淦的稳重睿智，编辑人员的勤恳敬业，都给刚从部队转业的我留下清晰的印象。

《雨花》编辑部一直有个非常好的传统，那就是对业余作者、对自然来稿认真负责，对发现和培养文学新人尽心尽职。在这种良好气氛的熏染下，特别是有了十几年业余作者的经历并深知其甘苦的我，看稿就格外认真，从来不敢马虎了事。

记得那是 1988 年夏天，我收到了一篇写我国计划生育现状的报告文学，稿子较长，作者是一位大学毕业不久的小青年，后来才

得知他的这篇稿子是处女作，屡投不中，最后被一家市级刊物退回。我认真看了几遍，感到是一篇思想敏锐、振聋发聩的好稿，只是个别地方要做些删改。我向领导周桐淦力荐此稿，终于，这篇名为《混沌世界》的报告文学发在了当年 11 期的头条。随后，《人民日报》海外版，报刊文摘等十几家报刊纷纷转载。我从此稿中看到了作者的潜力，接着，我把我当时得到的关于粮食问题的线索提供给他，请他再为我们刊物写一篇。此时，我才得知作者就住在离我刚刚分到的新房子不远的一间集体宿舍。时近春节，我和家人回老家过年，为了给他提供写作的方便，我让他搬到我的新房子里来居住写作。等我回来后，一篇《中国粮荒》已完稿，厨房里还有半瓶辣椒酱和半个馒头，我深深地为作者艰苦写作的精神所感动。《中国粮荒》在《雨花》发表后得到了和《混沌世界》一样的反响，《人民日报》海外版、报刊文摘等十几家报刊又作了转载。

至此，我和这位小青年成了朋友，并且见证了他坚贞的爱情。《中国粮荒》发表不久，作者卷入了一场风波之中，受到了较为严重的处分。祸不单行，不久，他又同时患上了甲肝和乙肝，不得不住院治疗，思想上和身体上的双重打击使他的体质极为虚弱，我和许多朋友都为他的未来深深地担忧。可就在这种情况下，他们单位最漂亮贤惠，最温柔大方的一位姑娘爱上了他。坚贞的爱情帮助他很快战胜了疾病。结婚后，在朋友们的帮助下，他俩双双乘船远渡，负笈东瀛，在日本著名的京都大学攻读硕士、博士学位。数年后，他们带着研究成果和获得的大奖，更带着一个健康、活泼、可

爱的儿子双双回国。如今，这位作者已是南京大学社会学专业的一名教授，研究中国农村问题的一位青年专家，事业如日中天。

对一些有苗头有潜力的业余作者的稿件处理，我一直主张不"打冷枪"，而是要"放排炮"，就是说，不要一看到他们的一篇好稿就发，而是让他们继续提供新作，反复修改，集中发表。这样既利于鼓舞作者的信心，又利于业余作者的推出。这种理念延续至今，现在我编辑《扬子江》诗刊，"大江东去"这一栏目就是这种编辑思想的延续。

在 1989 年到 1991 年间，我陆陆续续编发了报告文学作者陈道龙的《雾野》《天高天矮》等报告文学作品，发现作者很具潜力，在收到他的新作《梅园号卷入台风》后，并没有马上编发，而是请他反复修改，并请他再寄新作，经过一段时间的创作，作者的稿件分量越来越重，终于在 1992 年第 3 期上，一次发了他的 5 篇作品，并配上评论家黄毓璜先生的评论，这期作品小辑刊出后影响较大，作品多次获奖。

还有一件趣事值得一提，我离开《雨花》很多年以后，在报纸上看到一条消息，说的是《雨花》杂志社的收藏爱好者张成收藏了许多著名作家的手稿，其中一篇是著名作家吴强的《醉话》，这使我突然想起，我是这篇《醉话》的责任编辑，当时还是检字排版，吴强的原稿字体是行草，有的还是繁体字，我怕排字工人有的地方不认识，就把稿子认真誊抄了一遍，原稿留在这里了，我在抽屉里翻了一遍，居然还找到了。我就告诉张成，你收藏的不是吴强的手

稿，而是我的手稿，原稿在我这里。我看到他尴尬的样子，更理解他的收藏心切，就主动把原稿送给了他。这样，也就保证了那条消息的真实性。

我在《雨花》做编辑的日子里，得到了不少名家、大家的支持，记得在不到一年的时间里，我就编发了朱苏进的短篇小说《欲飞》、陈应松的中篇小说《镇河兽》、张嵩山的报告文学《傻子瓜子衰微录》等作品，这当然是《雨花》杂志的魅力，我只不过是一名幸运的编辑。

在庆祝《雨花》创刊五十周年之际，回忆这些往事，是很愉快的。

原载《雨花》2007 第 10 期

《雨花》与我

人生在世几十年，回首往事，并非对每一年都有深刻记忆的。对于我来说，许多年前做了什么，如果不认真地费力地回忆，还真想不起来。

而1985年却不一样。

那一年，上海一家名气不小的杂志给了我一个奖，奖金相当于我当时好几个月的工资，自然是兴奋了一阵子。

那一年，部队批准我转业回南京，能很快地从工作了十几年的满眼黄土沟壑的秦晋高原转到杏花春雨的江南，心情是可想而知的。

我利用在部队的最后一次假期，去了上海、南京一趟，并决定去《雨花》杂志拜访一次。对于《雨花》杂志，我很早就十分地

崇敬，不仅是因为我上初中时就读过它，也不仅是因为我多次在那里发表过作品，而且那里还有我熟知而未曾谋面的文学前辈，更重要的是因为改革开放后《雨花》刊登过许多轰动全国文学界的好作品。高晓声的小说《李顺大造屋》、陆文夫的小说《小贩世家》、汪曾祺的小说《异秉》、石言的小说《漆黑的羽毛》等等，这些获得过全国短篇小说奖的作品，都是那个时期在《雨花》上发表的。转业后能到这样一个杂志社工作，能在这样的一个文学殿堂度过后半生，那是多么幸运的事情啊！

那是一个下午，我几经打听，来到了《雨花》编辑部的办公地点——明故宫的东宫。

令我失望的是，编辑人员下午大都不上班。我遇见一位身材修长、温文尔雅的年轻编辑，他满腔热情地和我聊起来，后来才知道他是《钟山》杂志的编辑沈乔生。他听说我想去《雨花》杂志，就告诉我《雨花》是一个很不错的刊物，主编是叶至诚先生，夫人是著名锡剧演员姚澄女士，叶老不是天天来上班，主持日常工作的是一位年轻而稳重的副主编周桐淦同志，他还是作协党组成员，他最近的一篇报告文学《啊，多难的公理》引起不小的轰动，还出了单行本……

可以想象当时我想到《雨花》工作的愿望是多么的强烈。可是，当时经同学推荐找到周主编后，得知省作协新党组刚刚建立，并且还在筹备全省第三次会员代表大会（实际上是唯一的一次全体会员大会，有453人参加），暂时无暇研究人事问题，而转业人员

要在 1986 年 2 月到新单位报到。无奈，只好请同学帮助在省内一家综合性刊物落脚。待到春末夏初，周主编把我的资料和部分作品剪贴本送给海笑书记。几天后，周主编又带我去见正在东郊疗养的海笑书记，海笑书记对我说，看了你的资料，你写了不少东西，很刻苦，我们研究过了，《雨花》也需要人手，你来了要继续努力，要把部队的好传统也带来。我连声应诺，心情自然是非常激动。

就这样，我调到了盼望已久的纯文学月刊《雨花》杂志。

上班后，领导分配我看小说散文稿，好在我在部队期间有过多年的编辑经历，很快地就适应了工作。我从大量的自然来稿中筛选出的好稿，有的上了头条，有的刊登后被《小说月报》等报刊选载。让我这个生性懒散者深感幸福的是，编辑部下午不用上班，可以在家里看稿。更让我感激不尽是：省作协又让我们几位不曾读过大学的编辑一边工作，一边到南京大学作家班读书，一切都是那么美好！

也许是在部队待久了，有一点我感觉不大适应，那就是开会安排工作的方式。原来在团政治处工作时，每天早晨全体人员要一起开会交班：先由昨日值班者汇报主要事项，再由主任根据工作分配任务，喊哩咔嚓一、二、三，没有问题就散会各忙各的去了，前后也就十分钟左右。而编辑部开会则是你说、我说、他说大家说，翻来覆去，一个上午也没有形成个主导意见。开这种"神仙会"我就有点着急，觉得浪费了时间。到后来，我渐渐悟出，也许就是这种啥都说了又觉得啥都没说的民主讨论，让大家心里都明白了编辑理念，明白了该干啥，怎么干……

编辑部始终洋溢着一种浓郁的民主气氛，没有强迫命令，大家各抒己见，畅所欲言，什么问题都可以讨论，也许正是这种气氛让杂志越办越好，这也是《雨花》的魅力之所在。

叶至诚主编真是一位好老汉，慈眉善目，一脸的与世无争，一脸的和善。他一周总要来几次，每次来都是先把他约来的稿子和直接交给他的稿子，给大家分看，然后再去忙他的事。我记得在不长的时间内他就给过我黄裳、吴强、林斤澜等文学大家的散文，这些散文让杂志大为增色。

也许是心宽，叶老和我们出差一上车就能打呼噜。那年编辑部的同仁一起去连云港的花果山，参观结束乘车下山时，陪同我们的连云港作家刘国华说，这车子好像有点"嘶嘶"地漏气，停车检查后，才知道是叶老的呼噜声，大家一阵大笑也没能惊醒他。

而回宁的路上要四五个小时，为了不让大家寂寞，我便讲故事笑话，从连云港到南京，叶老一路上不断地哈哈大笑，一点瞌睡也没有了。后来多次对我说，你四个多小时没让我打呼噜，真服你了。

那个时期，我时常发现叶老会独自在办公室呆呆地坐着，像是在回忆什么，又像是在考虑什么严肃的问题，又觉得他的内心深处似乎有什么疙瘩没解开，难道他也有什么不为人知的烦恼吗？

1992年初，作协决定调我去办公室负责，我和叶老几乎是同时从周桐淦那里得到的消息，叶老带着疑问的口气对我说："你去办

公室？哈哈……""徐明德你去办公室？哈哈……"我从叶老带疑问的笑声里听出弦外之音：你在这里好好的，你就不怕办公室繁杂的事务耽搁了你？而我何尝不是这样想的呢！但是组织上决定了，像在部队一样，只有服从命令。

就在那年秋天，叶老病重，我到医院看到他身上插着各种管子，心里异常难过。我们在江苏饭店忙于省作协第四次作代会期间传来噩耗：叶老走了！会上前来吊唁送花圈的作家特别多，追悼会盛况空前，这也多少让我感到一丝慰藉。

叶主编离开我们 25 年了，他的音容笑貌仿佛仍在眼前；我离开《雨花》杂志也有 25 年了，时常怀念在《雨花》的日子，怀念编辑部里那种宽松、融洽的民主氛围。

雨生百谷　花开四季

1957年春天,《雨花》杂志正式创刊。它不仅是全国最早创刊的文学期刊之一,也是江苏省最早创办的纯文学期刊。历经六十年的风雨阳光,它已成为我国文学园地里的一枝独具魅力的文学之花。

《雨花》杂志立足江苏、面向全国,始终坚持正确的办刊方向,贴近生活,贴近时代,贴近人民,为推进中国文学的蓬勃发展,激发中国文学的活力,创造中国文学的辉煌做出了重要贡献,它也因此成为全国文学界有重要影响的文学期刊。

《雨花》杂志在各个不同的历史时期,特别是新时期以来,刊发了大量优秀的文学作品,展示了众多的文学大家的文学才华,彰显了他们耀眼的文学光彩,更令人称道的是,《雨花》杂志推出了

一大批优秀的青年作家，为他们的成长铺就了一条快速跑道。

冰河解冻，大地回春，改革开放伊始，《雨花》杂志就率先刊发了作家高晓声的《李顺达造屋》，陆文夫的《小贩世家》、石言的《漆黑的羽毛》等小说，这些作品在文学界引起巨大的震动并相继获得全国优秀短篇小说大奖，引起了社会各界的瞩目。

与此同时，全国一大批著名作家相继为《雨花》杂志撰写小说，其中就有著名作家汪曾祺、路遥、陈忠实、贾平凹、白桦、王蒙、张弦、赵本夫、梁晓声、王安忆、张抗抗、韩石山、刘震云、朱苏进、范小青、苏童、叶兆言、毕飞宇等。

散文和小说一直是《雨花》的两翼，坚持刊发高质量的散文作品是《雨花》一以贯之的办刊方针，《雨花》散文成为一张亮丽的文学名片。

汪曾祺的《故乡的食物》《草巷口》、艾煊的《雨花棋》、陆文夫的《风风雨雨一枝花》《酒话》、林斤澜的《春声和春深》以及吴强、邵燕祥、忆明珠、刘心武、赵恺、迟子建、高洪波、王平等一大批作家的散文作品先后在《雨花》杂志刊出，《雨花》杂志的散文园地里呈现出一片百花争艳的景象。

特别值得一提的是：从 1994 年到 1995 年初的一年多的时间里，《雨花》杂志先后六次推出青年作家夏坚勇的散文作品，该作品结集《湮没的辉煌》出版后，深受读者欢迎，随后获得了首届鲁迅文学奖，首届紫金山文学奖和省五个一工程奖。

报告文学曾经是《雨花》杂志的重头戏，改革开放初始《雨

花》杂志连续推出作家杨旭、风章的《检察官汤铁头》《路的呼唤》《张家港人》等长篇作品，这些作品为改革开放鼓与呼，为改革者树碑立传，并相继获得全国大奖。

改革大潮涌动，文学鼎力相助，1990年，《雨花》杂志隆重推出作家杨守松的长篇报告文学《昆山之路》，作品一经推出，就在全国的文学界引起轰动，更为正在如火如荼的改革事业提供了一个范本，《昆山之路》就是一条改革开放之路，富民强国之路。

春雨源源，雨催花发。为培养更多的青年作家，《雨花》杂志不遗余力地举办了各种文学活动，定期推出"青年作家作品小辑"，适时召开青年作品讨论会。仅1986年至1988年就先后在高邮、南京、无锡太湖等地多次专题就青年作家的作品小辑进行把脉、研讨。

二十世纪九十年代，国际互联网大潮席卷全球，给人类的工作和生活带来巨大影响和变化，《雨花》杂志与时俱进，适时在互联网上推出实刊的电子版，使《雨花》成为国内首家上网的纯文字期刊，读者群因此而迅速扩大。

长期以来，《雨花》编辑部形成了一个良好的传统：编辑们都能认真对待每一篇来稿，特别是自然来稿，以免有遗珠之憾，即便有些作品不够成熟，但只要作品有闪光之处，作者具有潜质，编辑都会认真提出修改意见，久而久之，许多业余作者就此走上了文学之路，有的还成为优秀的作家。

《雨花》杂志潜心、尽力地培养、扶持青年作者的传统得到传

承和发展。举办《雨花》写作堂就是一个新的创举。

编辑部以新的开创理念，与《小说选刊》杂志共同筛选青年作者，聘请经验丰富的作家、编辑授课，面对面地交流、改稿，同时，他们还以"毕飞宇工作室"为依托举办改稿会，并在刊物上刊载改稿实况。

雨生百谷，花开四季。在短短一年多的时间里，《雨花》写作堂就连续举办了四期，发现、扶持了众多的青年作家，推出一大批优秀作品。他们还将继续发力，为帮助青年作家的成长修筑一条文学创作的高速铁路。

中国作家《雨花》读者俱乐部的建立是《雨花》杂志在文学界的一个具有开拓意义的首创。他们倾心建立的读者俱乐部广泛利用社会资源，坚持"有人、有地方、有经费"的原则开展阅读、交流、评比等活动，中国作协和雨花杂志每月向俱乐部提供《雨花》《人民文学》《诗创》《小说选刊》《长篇小说选刊》《民族文学》等一大批各类文学期刊。

读者俱乐部的建立得到中国作协和江苏省作协的大力支持，受到了各级文化部门，高等院校、街道、乡村等的读者们的热烈欢迎。俱乐部办得风生水起，遍地开花。目前已在全国二十多个省、市、自治区建立了900多家读者俱乐部，有力推动了全国阅读、书香中国活动，同时也大大提高了《雨花》等相关刊物在读者中的影响。

落红不是无情物，化作春泥更护花，回首六十年，我们由衷地

怀念、感激那些曾为《雨花》杂志的成长而辛勤劳作的园丁们，他们是：施子阳、章品镇、陈椿年、顾尔谭、庞瑞垠、海笑、叶至诚、周桐淦、姜琍敏等。他们中的许多人至今还在为《雨花》成长默默地奉献着力量。

点点雨露汇成涓涓细流，涓涓细流汇成浩浩江河。《雨花》杂志积累了丰富的文学资源和社会资源，它成功地见证、参与、推动着中国当代文学的繁荣和发展，在当下的市场经济与文学生态重建的文化场域中，依然努力坚守、探索中国当代文学的发展道路，《雨花》杂志已成为一份与中国当代文学共生共荣的重要文学期刊。

伟大的事业需要伟大的精神，历经六十个春秋的《雨花》杂志正在振奋精神，按照党中央的文艺方针，贯彻省作家协会关于繁荣发展江苏文学事业的行动计划，认真探索、大胆创新，砥砺前行，努力把杂志办成一份高品质的文学期刊，使之真正成为广大读者喜爱的绚丽多彩的文学之花。

珍爱每一个年龄

走在大街上，时常遇见有人问路，"师傅，往新街口怎么走？""叔叔，往汉中门怎么走？"忽有一日，一位迎面而来的少年问道："爷爷，往南大怎么走？"我一怔，以为他是在问别人，可我环顾四周，并无他人，我指路后，不禁自言自语，我什么时候成了"爷爷"？我虽年过半百，但心里感觉总是在四十岁左右，从未和"爷爷"挂起钩，我是什么时候成了"爷爷"的？想到此，一丝惆怅掠过心头。

回家说及此时，我感叹道，我是什么时候变老的？没想到爱人脱口而出："什么时候变老的？当然是一天一天变老的！老怕什么？老有老的好处。"

我细细一想，是啊，人生的每一个阶段各有好处，少年时天真

烂漫、富有幻想，无忧无虑，心如水晶般透明，只需一缕阳光，便能折射出七色彩虹；青年时期朝气蓬勃，精力充沛，敢想敢干，敢恨敢爱，雷鸣电闪，雨暴风狂；人到中年，成熟稳重，如中秋的圆月，重阳的登高，山洪的奔腾化作潭水的深邃，江河的喧嚣汇成湖海的宽广，处处充满人生的魅力；到了老年，人变得更加沉静、智慧、慈祥仁爱、信马由缰、自由自在……你说哪一个年龄不是美好的呢？哪一个年龄不值得我们去珍爱呢？

上苍是公道的，每个年龄每人只能享受一次，这样一想，我们能顺顺当当进入"爷爷"这个年龄，实在是一种福分，因为此前的各个年龄段，我们都曾亲身体验过。如今老了尽可以享受老年的种种好处：首先，人老了一般不再疲于奔命，有了安定的居所，衣食无忧，可以读自己喜欢的书，做自己喜欢做的事，可以琴、书、诗、画，可以观光旅游，也可以什么都不干，在阳台上打盹晒太阳，这是多么美妙的事情啊！

其次，人老了有充足的时间，可以认真总结一生的经验、教训，可以著书立说，可以对人生进行一些哲学思考，可以畅想和感悟诸如宇宙、自然、历史等等。

再者，人老了，可以更多地享受天伦之乐，星期天、节假日，家人团聚，儿孙绕膝，其乐融融；人老了朋友也多了，可以有更多的时间和朋友一起喝茶、谈天说地，可以忆往事，可以"想当年"；人老了可以变得孩子般天真，也可以"倚老卖老"，不想干的事可以不干，谁也不能强迫你……

海州湾的阳光

我曾在一首诗中这么写老人："大雪悄悄落满头顶／眉须不知何时结满霜冰／我是一座冷峻的雪山啊／炽热的岩浆在心底奔腾"，"黑夜里辗转反侧／阳光下却悠然如梦／父亲的威严化作爷爷的关爱／总想为晚辈撑出一片无雨的天空"。

写到这里，我甚至为进入"爷爷"的年龄感到自豪，倘若今后再有少年喊我"爷爷"，我不但不会怅然，而且会十分开心。

原载《银潮》2003 年第 7 期

享受人生

　　我国从 5 月 1 日起开始实行周五工作制。不少报纸对此举的好处和重要意义发表评论，其中不乏高见，如减少工时可以提高工作效率；可以增加业余学习时间和料理家务的时间；可以节约能源；可以缓解交通拥挤的状况……但我也注意到，这些文章似乎忽略了很重要的一点，那就是：减少工时可以让广大的劳动者更好地享受人生。

　　作为生命本体的人来到世上，究竟是为了什么？人从哪里来到哪里去？这一古老命题曾使中外哲学家、思想家陷入烦恼和困惑之中，也曾使西方的生命哲学一度盛行而至辉煌，在此我们不做探讨，但至少有一点可以肯定，人不是为工作而工作，工作是为了生活得更美好，人们为了更好地去享受人生，就要去工作去创造，这

是一个十分简单的道理。可是在近代社会，特别是资本主义初期，剥削者的利欲熏心和机械化工业化生产把人变成畸形人、单面人，电影《摩登时代》中的卓别林所扮演的人物就是例证。广大劳动群众只是为了活着，根本谈不上享受人生。随着社会的进步，广大劳动者在辛勤工作、努力创造的同时，也应该有更多一点的时间去享受人生，生产力的大发展也提供了这种可能性。因此，缩短工时，已成为社会进步、人类文明发展之必然。

长期以来，由于受极"左"思潮的禁锢，人们把广大群众正常的人生享受和剥削者的享乐腐化等同起来，并加以严厉的批判，使人们谈"享"色变，似乎人生的全部意义就在于无休止地劳作，这实在是对人性的一种残酷摧残。人之为人的基础是人性，人有工作的需要，也有享受的权利，人们在付出必要的劳动之后，能有稍多一点的时间去享受人生的乐趣，如娱乐、旅游、读书、恋爱乃至睡大觉等等，从而激发更大的工作热情，这对于社会不是大有裨益的吗？当然也有人把工作和创造看成是人生最大的享受，他们不少人对社会做出过巨大的贡献，这是不属于本文讨论的另一个命题，对于芸芸众生来说，减少工时实实在在地给他们增加了享受人生的时间，我想，随着社会的不断进步和生产力的大力发展，在不久的将来实行周四工作制也将成为可能，人们将会有更多的时间自由支配，去尽情地享受人生。

原载《金陵晚报》1995 年 4 月

春天的祝福

在一个春光明媚的早晨，我接到从赣榆打来的长途电话，得知家乡即将召开第四届文学艺术界代表大会，深感欣喜，倍觉振奋。此刻，窗外繁花似锦，翠鸟歌唱，窗内电话里乡音传递佳音，这真是一个美好的征兆。为此，我向家乡即将召开的文代会，向即将产生的文联新一届领导班子，向家乡的文学艺术家和文艺工作者表示热烈的祝贺，并送上春天的祝福！

家乡赣榆地处苏鲁交界，地理位置得天独厚，苍天赐给赣榆最好的阳光。赣榆的大地埋藏着丰富的矿藏，特别是稀有金属，为世人瞩目，为未来的发展埋下深厚的底蕴。赣榆西部高山，中部平原，东部沿海，既享山川之饶，又受鱼盐之利，作为赣榆人，我深感骄傲。

　　家乡赣榆北受齐鲁文明，南融江淮风韵，沂蒙乳汁和黄海雨露共同哺育了古朴的民风。仁、义、礼、智、信，是赣榆人的人生准则，人们视礼义如泰山，视名节如生命。勤劳、勇敢、善良，豪爽、忠厚、精明，"情义送匹马，买卖争分文"，是赣榆人的处世哲学，赣榆人的高尚品格和精明的市场意识，更让我感到自豪。

　　赣榆人目光高远，胸襟广阔，喜欢"走四方"。不说当年徐福乘风破浪远渡东洋播撒华夏文明，也不说宰相诗人、《鹗儿行》的作者裴天佑和为官一地造福一方的朱梓等等，单是近现代遍布世界各地的华侨就有数万人，政治家、哲学家、教授、学者、将军，干部、艺术家、诗人及各界人士遍布祖国各地，可以说，哪里有文明的精英，哪里就有我们赣榆人，作为赣榆人，我感到光荣。

　　但是，我们也不会遗忘赣榆曾经经受过巨大的灾难，有过刻骨铭心的历史伤痛……但是，地震压不垮我们，灾难击不败我们，敌人吓不倒我们，我们从废墟中站了起来，我们面对灾难昂首挺胸，我们在血与火的岁月，曾冒着敌人的炮火建起一座英雄的丰碑——抗日山。

　　今天，我们赣榆人奋勇奋进，我们注视着飞速变化的世界，我们驾驭变幻莫测的时代风云，我们聚四方灵气，我们借八面来风，我们用意志奠基，我们用心血浇筑，我们用智慧构建，我们用阳光粉刷，我们赣榆人一定能在中国的东方，在黄海之滨筑起

一道壮丽辉煌的风景。同时，赣榆更是一个孕育英才、孕育激情、孕育艺术的地方。赣榆的文学艺术一定会迎来一个万木葱茏的春天。

2007.5.8

那时的"小升初"

一九六〇年夏天，我从西留夫村小学四年级考入公社所在地的城头中心小学五年级。班主任兼语文老师刘奎之是位面貌慈祥的白面书生，文静而善良。算术老师则由教导主任卢兴高老师兼任，卢老师血气方刚，走路办事风风火火，发起脾气让人不寒而栗，但骨子里很善良。同学们既怕他又喜欢他。

记得到了六年级，在一堂算术课上，坐在靠近讲台的我，因调皮惹得卢老师大发雷霆，一气之下，他收了被我画得乱七八糟的算术课本，并当场撕掉，更没想到的是，卢老师竟然把撕过的书在教室的一角点火烧了。我非常害怕，浑身瑟瑟发抖：没了课本，这可怎么办？那是一个贫困年代，买一册课本很不容易，回家后我不敢告诉父母，每天都是胆战心惊地上学。

几天后，卢老师在上课前把一册干干净净的新课本送给了我，并嘱咐我要好好学习，不要调皮捣蛋。我当时激动的心情是可想而知的，发誓一定要争口气，学出好成绩。

一九六二年仲夏，小学升初中的考试临近了，小小年纪的我们都有了思想负担。当时教育条件落后，城头、徐山、门河、夹山等几个公社的小学生合在一起只招收两个初中班，竞争程度可想而知。

记得集中考试的前一天下午，我们还在六年级的教室里上最后一课，谁知放学前一场暴雨骤然而至，回家必经的一条河洪水上涨，我一时回不了家，就在教室里复习功课。不知是谁丢在教室里一本课外画书——《诚实的列宁》，我清楚地记得，说的是小时候的列宁在外婆家和小朋友玩耍，不小心打碎了花瓶，他羞于承认，回家后一直很愧疚，直至写信告诉了外婆承认了错误。那可是我第一次接触课外读物，读得津津有味。晚上没吃没喝，把几张课桌拼起来当床，和回不了家的几个同学在上面睡了一夜。

因怕耽误了考试，天刚蒙蒙亮，我爬起来就往二里路以外的东留夫村的家里跑去。雨过天晴，空气湿润而清新，四野无人，乡间的土路被大雨浇成了干干净净的硬板，不知为什么我异常兴奋，心情好极了。我提着鞋子赤着脚，飞快地奔跑在雨后的硬板路上。一口气跑回家后，狼吞虎咽地喝了一碗糊糊，饭碗一丢就往考试地点——城头中学跑去，参加期待已久的升学考试。

语文试卷的作文题是《一个诚实的孩子》，天哪，昨晚刚刚看

过《诚实的列宁》，天助我也！我把作文写得跌宕起伏，末尾还写了句很时尚的话：要向诚实的孩子学习，"做一个毛泽东时代的好学生"。

算术考试更为顺利，全部题目答完还有一半时间，自己觉得题目都做对了，没有检查就提前交卷出去玩耍。我正玩得高兴，一位女监考老师出来对我说，你的题目都做对了，可是最后一道应用题你算对了却答错了，至少要扣两分，太可惜了！否则就是满分！

紧张而又顺利的考试过后，便是漫长的暑假。挎着筐子拿着镰刀割草喂牛是我每天新的功课，更是我非完成不可的任务。每天还可以和小伙伴们一起在池塘里游泳、扎猛子、打水仗，在田野里捉蚂蚱、寻找野生的瓜果，在树林里举着粘着面筋的竹竿粘知了……

发榜的时间到了，同学们都怀着忐忑不安的心情陆陆续续到学校看榜。几张大红纸贴在学校办公室的山墙上，我和本村的同学一起挤到榜下，在密密麻麻的名单中寻找自己的名字，可我怎么也找不到自己的名字。我心里一阵阵发紧，心想：一定是没考上，完了！但我又于心不甘，再从名单中仔细的寻找。让我怎么也想不到的是，大红榜上第一个名字就是我！一位老师告诉我，发榜的顺序是按成绩名次排列的，如果真是这样，在那么多学生中，我不是考了个第一吗？

升入初中以后，虽然中学和小学同在一个镇上。我却再也没有去过"城小"。倏忽间几十载过去了，听说城头小学已成为全省的模范小学，并且早已迁址扩建，学校今非昔比，可我心中的"城

小"依然是几排青瓦房，宽阔的操场，教室的南面是碧波荡漾的池塘，池塘里摇曳着芦苇……这一切时常走进我的梦境，越是更深夜阑之际，越是加倍地思念。亲爱的母校，亲爱的老师和同学们，你们都在哪里？现在还好吗？

原载《苍梧晚报》2001 年 1 月 28 日

生于忧患

　　二十年风雨春秋，二十年动荡不安，疲于奔命的日子总算结束了。两年前，我搬进了新居，工作也安定了，身体大病没有，偶染微恙，花上两角钱挂号费，拿来一堆药，不及服完便痊愈。倒是妻子今天头晕，明日感冒，虽说都是些小病，可是要来回跑医院，真够烦人的。

　　一天，妻又喊肩膀酸痛，我说，你别去医院找麻烦了，我给你扎针！妻一声嗤笑：你别开玩笑了！我说我真会，不信可以试试！经过再三劝说，她终于同意。

　　我找来几根银针，一针下去，妻喊胀喊麻，起针后，妻说："不疼了。"过了几天，也没见复发。这下妻相信我了，还要我为她的腿关节也扎几针，于是我每晚睡觉前在她足三里等穴位来上几针，几天后，她的腿关节也逐渐转好，妻问：你什么时候学的啊？我便忆起那段快要淡忘的经历。

"文革"期间，我高中毕业回乡，真正一个文弱书生。

看到不少农民有病没钱，顾不上看医生，心里特别难过，正巧报纸广播宣传一名叫赵普羽的军医针刺哑门穴治疗聋哑病的事迹，我便受了鼓舞。我买来几本针灸书，从当医生的舅舅那里要来银针和酒精棉球，在自己身上扎来扎去，直扎得浑身过电一般。上工时，我就在田间地头为农民兄弟扎针。一来二去，果然见效，有时还能针到病除！一时在村里名声大震。有位农民竟然带着他久治不愈的哑巴儿子来找我扎针；有位兽医也来请我为他治疗90度的驼背。我深知我还没有这种本事，不敢妄为。但只要是能治的，我都努力针治。社员们议论说："你看，还是识字好，人家照着书断（判断之意）的！"

后来参军了。在部队，连队有卫生员，营里有卫生所，团里有卫生队，我这点小技能就派不上什么用场了。十几年的戎马生涯之后，转业到了南京，省城里医院林立，且有公费医疗的优越性，有谁还知道我会扎针呢？有谁还会来找我扎针呢？连我自己也差不多忘记了那段经历。绝没有想到，我的一技之长还会在妻子身上发挥作用。

妻子听罢，沉思很久，问我："过去生活那么苦，劳动那么累，你还能学一手；现在条件这么好，你为什么整天懒懒散散，浑浑噩噩？"我说："你插队，不也是又苦又累吗？可那时你却很少生病，为什么现在条件好了，反而三天两头跑医院呢？说到底，人，就有这种禀性，生于忧患，死于安乐！"

原载《江苏健康报》1990 年 6 月 17 日

烟　盒

　　我有一个搜集香烟盒的习惯。

　　那是五年前的一个盛夏，作为摄制组成员之一的我，和大家去太行山区的一个山村——柳树湾，拍摄一部反映根据地人民革命斗争的影片。

　　一天中午，我和几个同行去河边洗衣服，一群男孩正在河中扎猛子、摸山蟹。我们一来，他们便全都跑上岸来，站在远处好奇地看我们洗衣服。等我们坐在柳树下抽烟乘凉的时候，孩子们就越来越近了，一个胆子大一些的孩子终于鼓足了勇气，走到我的跟前，指着空了的烟盒说："叔叔，你的烟盒能给我吗？"

　　我毫不犹豫地把那个准备扔掉的中华烟盒放在了孩子的手上，说："给，拿着玩吧。"

海州湾的阳光

望着这个漂亮的烟盒，孩子们一下子围了上去，那个拿烟盒的孩子像得到了宝贝似的，扭头就跑，孩子们一齐追上去，他们一边追，一边喊："大毛，给我看看！"……

影片拍摄告一段落，明晨就要离开这可爱的画一般的柳树湾。晚饭后，怀着恋恋不舍的心情，我又来到那条清澈的小河边散步。

远处，一群孩子围成一团，好像在争论什么。

"看，我这是'云岗'的，是我爸爸到县城卖核桃树时买来的，听说云岗有好多好多菩萨像，外国人都来看，可好啦！"

"还是我的好！'长城'的，我哥哥就在长城那儿当兵，这是他探家带来的，他说长城又高又宽，有几万里呢！"

"我的最好，'大前门'的，这是公社干部蹲点在我家吃饭时给我的。你们知道吗？大前门就在北京，过了前门就是天安门，还有人民大会堂……"

"我的最好！""我的最好！"昆仑的，黄河的，大境门的，香山的，春城的……真想不到，这些普普通通的烟盒竟然为孩子们展现了如此壮丽的祖国河山，给他们以知识的引导和美的熏陶。

"不要争，不要争，看我的！"那个叫大毛的孩子大声喊着。"你们的那些都不如我的好！我这是专门装带把烟的，是演电影的解放军叔叔给我的，中华的！你们知道吗？中华是最好的。"

孩子们被"大中华"镇住了，不再争吵了，可是，一个小胖墩却不服气地嘟哝着："你爸是大队书记，解放军当然给你好烟盒……"

051

他是大队书记的孩子？我的心里有些发沉。我无意间的行动造成了误会，竟然使孩子们的心灵上出现了等级观念！无论如何，我也要用实际行动去纠正自己的失误，去净化那一颗颗不容污染的单纯的童心……

转眼就是冬天，我随摄制组又来到了太行山拍摄外景。由于工作的需要，这次我们住在离柳树湾四十里路的杨家寨。经过一个月的苦战，终于完成了拍摄任务。明天上午休息，下午整理东西，后天就要告别这个即将搬上银幕的小山村了。

第二天清晨，下起了鹅毛大雪，霎时间，漫山遍野一片洁白，我拿出积攒了半年的上百个各式各样的烟盒，骑上自行车，迎着漫天飞雪，冒着太行山特有的刺骨寒风，向四十里以外的柳树湾艰难地驶去。我想，今晚那些拿到烟盒的孩子们，一定会躺在妈妈的怀里做一个甜甜的梦……

原载《战友报》1984 年 6 月 9 日

诗心如初

关于《我站了一千公里》及其他

童年与诗无缘。

一个苏北农村的孩子，有饭吃、能上学，已经是求之不得了，诗是什么？

只记得有一年清明节，久旱无雨的土地上突然喜降霖雨，读过私塾的爷爷望着漫天雨丝，非常开心，向我吟诵道："清明时节雨纷纷，路上行人欲断魂。借问酒家何处有，牧童遥指杏花村。"这是唯一的一次关于诗的家庭教育。

上中学，看重的是数、理、化，因为可以拿满分。而作文至多是 80 多分。只有一次（初三上）语文老师不知怎么了，给我的作文打了 97 分，但写的不是诗。

"文革"来了，大学梦断。唯一的选择是回乡种地。春耕、夏

锄、秋收、冬季挖河；挑肥、拉犁、推车；早班、晚班、夜班……我瘦弱的身体竟然承受住了一个农民所有的繁重劳动和精神压力。在极度疲劳中，我居然写起了诗。

1972 年，身单力薄、一心梦想钻研科学、从未打算走军旅之路的我入伍了。背包里带了一本当时人民文学出版社出版的诗集《阳光灿烂照征途》，一年多的战士生活里，它成了我写诗的教科书。

因为写诗、写新闻报道，部队送我去驻地省城一家文学期刊编辑部学习，兼做见习编辑。或许是对一名小战士的信任，编辑部就让无处可住的我住在被封禁的图书资料室里，一张破旧沙发上打开了我的背包。住下之后，我立即发现我进入了天堂，用农民的话说，是小猪钻进了黑土地。一排排尘封已久的书我见所未见，闻所未闻，我激动得无法自己。

我瞄准了新诗。《女神》《刘半农诗选》《望舒诗稿》《志摩的诗》《艾青诗选》《郭小川诗选》……让我心醉神迷，眼界大开；阮章竞的《漳河水》、闻捷的《天山牧歌》、严阵的《竹矛》、陆棨的《重返杨树林》、沙白的《水乡行》、李瑛的《红柳集》等等，让我流连忘返，百读不厌；特别是公刘的《边地短歌》和《在北方》，是我最喜爱的书，当时的记忆力也好，书中之诗大部分都能背诵，即使是过了近三十年，今天仍能背诵不少。一年多的时间里，我差不多天天沉醉在诗的深沉和美妙之中。

更为幸运的是，一次偶然的机会，我见到了我十分敬重的公刘先生，我毫无顾忌地去拜见这位因有"错误"而被别人避之不及的

诗人。他满腔热忱地为我改诗，并向时任《解放军文艺》诗歌编辑的李瑛推荐诗稿。不久，《解放军文艺》（1975年第6期）集中刊发了全军八位战士的组诗，我的诗忝列其中，并获得好评。在以后的多次交往中，他把我看成忘年交，我受宠若惊。

回连队（步兵第二五〇团三营机枪连）以后，我经常以"生于忧患，死于安乐"来警示自己，一天不写，心中就不安。"小米、苞菜激情燃烧、／机枪、军马与诗同行"，就是那段时间战士生活的真实写照。由于不间断地写，时常有诗在《解放军报》《诗刊》《人民文学》等报刊发表。1984年，公刘先生为我发表在《萌芽》上的组诗《我是战士，生活在今天》写了评论《徐明德和他的诗》，并对其中的一首《我站了一千公里》特别加以赞赏。

公刘先生这样写道："诗风是健康的、朴实的、明朗的，充满了军人的使命感。……比如他描写自己在长途旅行中站了一千公里之后，终于得到一个座位，而又毫不犹豫地为一位背孩子的母亲让出这个座位时，他抵制了各种诱惑，没有采用那种最熟悉、最便当、最保险的办法，而是诉诸了人的心灵：'快，给年轻的母亲，／给希望，给未来，／腾出一个舒适的位置，／让婴儿明亮的瞳仁／摄下军人的形象，／让这浓缩了的社会懂得：／军人的生活中，／最多的是，站立！''站立'二字，不是胜过一千句一万句口号么！我很欣赏这样的结束，这不是结束，而是真正诗的开始，作者把我带到了这首诗以外的另一首大诗当中去了。"

这首诗在上海等地一些重大场合多次朗诵，并收入中国社科院

文研所编辑的《中国新诗年编》。当时的《解放军报》还配照片刊登了一篇通讯《战士诗人徐明德》，这些都给了我极大的鼓励。由于在部队工作努力，特别是业余时间写新闻，写诗，取得一点成绩，部队两次给我嘉奖，五次为我记三等功。和整天在连队摸、爬、滚、打的战士相比，我从内心感到惭愧。但同时也感到，写诗能立功，那是诗的光荣。

后来，我转业到了江苏省作家协会《雨花》编辑部，那时的诗坛发生了很大的变化，流派峰起，"旗帜"林立，有些诗感情失真，不讲结构逻辑，任意组合词语，胡乱堆砌意象，并称之为"先锋"。诗坛的混乱现象让我感到困惑，甚至有点迷茫，一段时间内很少写诗。在南京大学首届作家班读书时，教《现代戏剧与文化》的董健老师出了一道考题："你是怎样根据自己对生活的独特感受选择适合自己的创作方法的"。我把我的感受和困惑以答卷的形式交给老师，并以《我站了一千公里》为例表明我对诗的看法和主张。没想到，我的看法和主张得到了赞同，董健老师在我的答卷上多处圈批"对！"，并在封面上写下了一段批语："从真实的感受中看出了一个当代诗人的正确追求。我似乎又听到了郭小川的声音。'新诗学'的崛起，不应当否定郭小川所代表的一代诗风。我同意你的选择！"董健老师的肯定坚定了我对诗的信心，我决定重新振作起来。

增我信心、给我鼓励的更有赵恺先生。他在编选《江苏文学50年》诗歌卷时，读到了我的组诗，他专门从淮阴打来长途电话给

我，他说："你的《我站了一千公里》写得好！我是第一次读到，真没想到您写出这样的好诗。"说实话，我当时因为自己的诗不合"潮流"而缺乏信心，就急忙十分真诚地说："写得一般，谢谢鼓励，谢谢鼓励！"谁知赵恺先生有些激动了："写得好就是好，我不会说假话，难道我还需要恭维你吗？不管是谁，不好的诗我不会说好。"后来他又在多种场合对我的这首诗加以赞赏。他说，这首诗，一方面让社会认识了军人，另一方面，你是让军人以"站立"的姿态去关爱母亲，关爱未来，捍卫人类的尊严，真是一首好诗。

在一次有许多位全国著名诗人参加的诗歌朗诵会上，主持人赵恺先生执意要我朗诵这首《我站了一千公里》，我怀着忐忑的心情朗诵了这首诗。朗诵会结束后，老诗人贺敬之热情地对我说："我很早就读过这首诗，很好！但不知是你写的，今天才对上了号。"随后，贺老又鼓励我："你应该坚持走这条路，继续站下去，站一千公里，站一万公里，站成一座山，站成诗的神女峰！"

我是一个缺乏自信的人。许多老师、前辈、同事以及亲朋好友，都给了我热情的鼓励，我想，只有增强信心，加倍努力，写出更多的好作品才是对他们最好的回报。

梧桐引来诗凤凰

2002 年 6 月 27 日,"金陵之夏"诗会在南京中山陵国际青年旅馆举行,东郊高大的梧桐树引来一群诗的凤凰,来自北京和江苏各地的 40 余位诗人汇聚一堂,他们谈诗论诗,畅所欲言;他们诵诗论诗,为炎炎夏季带来一阵清凉。

位于南京东郊风景区的中山陵国际青年旅馆,几十间小木屋组成了一个偌大的四合院,十二颗高大的梧桐树浓荫蔽日。绿色的遮阳伞、洁白的桌椅、散步于院内院外;碧绿的湖水、青青的草地、婉转的鸟鸣营造出诗的意境。27 日上午,北京的诗人王燕生来了,《诗刊》社的编辑来了,金陵石化公司的领导和文学爱好者来了,省作协的主席王臻中、副书记唐金月、专职副主席赵本夫、副主席黄蓓佳、党组成员成正和全省各地的 40 多位诗人一起来了。省作协副主席、诗歌工作委员会主任赵恺先生宣布诗会开始。他以独特的方式，用诗一般的语言主持朗诵会。他说，诗会选择在钟灵毓秀、含蓄宁静的紫金山麓举行，这个会址本身就是诗。驻地的诸多陈设都匠心独运地给人以世事漫远、岁月沧桑的命运质感，他们从一个独特的角度启示我们：重温生活，品味生活，珍惜生活。院中十二颗参天大树更以自己的存在启示着一条永恒的美学原理：生活之树常绿。江苏诗坛和中国诗坛一样，呼唤森林，根呼唤超越于森林之上的巍峨大树。于是，我们吟哦出类拔萃，吟哦树大根深。

开场锣鼓由金陵石化的诗人敲响，一首大气磅礴充满激情的《中国，正在路上》，博得全场一片掌声："有钟山架笔，长江作纸铺／熏风汗雨，把豪情沸沸地煮／俯仰沉浮，高浪新潮日夜呼／金陵夏，诗无数！"近年来一直致力于诗歌形式探索的老诗人丁芒，依然激情澎湃，豪情不减当年；胸中永远有气血冲撞的老诗人王辽生高歌一曲，情真意切，催人泪下。他为迎接党的十六大赋诗一首，"……铁火锻舵／气血铸舱／七彩港湾留不住／目的地是太阳"，受到诗人们一致的赞誉。

中青年诗人们也纷纷登台朗诵，赵恺的《只要泥土生长》声音厚重深沉；孙友田的《风铃》灵巧清新；王德安、吴野关于石头城的新作诗韵悠远；冯亦同的《十一棵梧桐树》情真意切；叶庆瑞的《怀念行道树》锋芒犀利；杨德祥的《集体照》寓意深远；戚建国的《悲伤的5.19》酸楚悲怆……诗人们的出色才华和朗诵赢得与会者热烈的掌声和喝彩声。诗人邓海南的《萤火虫》轻盈中饱含沉重，沉重的感悟带了沉重的思考；青年诗人姜桦、冯光辉、庞余亮共同朗诵了姜桦的《大风雪：给病中的母亲》，动人的诗句和动情的朗诵让全场鸦雀无声，所有听众无不为之动容。

去年的今天，作家黄蓓佳在红豆·相思节诗歌朗诵会上声情并茂地朗诵了她在北大读书时同学给她的一首诗，今天恰逢她的生日，她再次为大家朗诵了这首《我希望》。诗人们的朗诵引来林中的喜鹊和布谷鸟，它们以近乎完美的鸣叫加入了诗人的歌唱，给诗人带来了愉快的笑声，为朗诵会增加了欢乐的气氛。

朗诵会上，省作协王臻中主席发表了热情洋溢的讲话。他说，诗人们朗诵的诗作意蕴深厚，感情真挚，在这盛夏时节里，是一片清凉的绿荫，像一道甘甜的清泉。感谢诗人们给我们如此美的享受；当今诗坛不甚景气，但是我们江苏的诗歌和诗歌工作却有声有色。1999 年 9 月，我们在南京鼓楼广场举行了《放歌五十年》大型诗歌朗诵会；年底，中国作协又在张家港市举行诗会，全国著名诗人云集江苏，探讨新诗，并在太湖之滨举行了《太湖之秋》诗歌朗诵会；去年，省作协诗歌工作委员会在无锡成功举办了红豆·相思笔会，并举行诗歌创作基地揭牌仪式和诗歌朗诵会，老中青三代诗人和来自北京的贺敬之、柯岩等著名诗人同台朗诵，场面令人十分感动；随后，诗歌工作委员会又在金湖举办了江苏荷花诗歌节和诗歌朗诵会。以上活动都在文学界和社会上产生了很大的影响。在纯文学刊物面临困境的情况下，江苏又创办了一份《扬子江》诗刊，我相信，通过我们的艰苦努力，江苏的诗人们一定能创作出

新的篇章。

下午 2 时，诗歌研讨会开始。研讨会由省作协诗歌工作委员会副主席冯亦同主持。来自北京的诗人王燕生首先发言，他说，江苏是个好地方，江苏出诗人，对诗歌也比较重视。我想，对于诗，也要有点政府行为，比如像中央电视台举办的青年歌手大奖赛那样，定期举行一些比赛；除了每周一歌外，能否来个每周一诗？当然，诗的繁荣最终还要靠诗人自己。诗人邓海南坦诚地谈了对当前诗坛的看法，他说，诗应当写得不需要解释也能明白，现在我写诗完全是个人感情的冲动，写完之后已经没有要寄到刊物上发表的欲望了，因为刊物已经失去权威性。我认为，诗要有诚信，写诗还是要先做人，要有一种好人的品质。诗不可能去换饭吃，只有把诗当成一种理想时，诗才是自由的。由于种种原因，眼下的一些诗人的真诚是打了折扣的，还有一些年轻诗人，以为写诗不需要学习，不需要艰苦的努力，只要几个人打一个旗号、拉一下山头就能扬名，若是这样，不当诗人也罢。诗人吴野认为，诗还是要关注人民群众的疾苦，要为人马大声疾呼，这样，我们的诗歌就有出路了。诗人孙友田说，写诗谁都不应该改变的是真诚，要写出好诗一定要有真情，用真情呼唤那些"飞走了的美丽文字"。诗人王辽生强调，我们不是写得少，而是写得太多，质乃诗之魂，不能给人类奉献一两个绝句或一两丝神韵的人，纵有百万行问世，其实也不是诗人。而诗人方政则一针见血地指出了当前诗坛的四大问题：一是诗情的失真；二是标准的失范；三是批语的失语；四是阵地的失守。他呼吁

海州湾的阳光

诗人们、诗歌编辑们、诗评论家们自重、自省，以更强的责任感，更好地承担起时代赋予我们的神圣使命，以自强不懈的努力，来扭转不利局面，让中国新诗真正走向繁荣。

整整一天时间，诗人都沉浸在浓浓的诗意中。夜幕降临，细雨蒙蒙，漫天的雨丝滋润着高大的梧桐树，滋润着诗人们的诗心。与会者相信，只要心存真诚，只要我们认真地用心浇灌，江苏这片沃土，定将生长出茂盛的诗的森林。

原载《扬子江》诗刊 2002 年第 5 期

真情与诗

秦晋高原，汾水河畔，我度过了十二年的军旅生涯。在这里，我熟悉了当年中国的士兵，我看到了他们褐色纽扣下那博大的胸怀，发现了他们那军衣下包含着的丰富的感情世界。军人不是寡情淡欲的苦行僧，那绿色军装往往是控制他们感情潮水的堤坝。他们壮怀激烈而又柔情似水。他们的大爱大恨，他们的喜怒哀乐，他们崇高的牺牲精神时常触发我的灵感，我无权沉默。

生活是美好的却也充满着矛盾，充满着烦恼和不幸，回避吗？粉饰吗？我不会，我厌恶！

大胆地揭示生活，用笔去探索他们心灵的隐秘，用心去歌唱欢乐与悲愤、幸福与痛楚，这是我的追求。

不要无病呻吟，不要矫饰造作，更不要作伪，真正的诗人留下

的是真挚的笑，真挚的哭。

我曾在一组诗的题记中写过："诗，应该去占领人们的头脑，而不应该单纯的占领人们的书架。"

"我是战士，我力求缩短诗与战士之间的距离，我要歌唱战士的真实感情，歌唱战士的牺牲精神。"

"该唱的歌不唱，是慵懒；不该唱的歌硬唱，必定做作。但愿我既不懒惰，也不做作。"

诗，必须忠实于自己的真情实感。真挚的感情是人世间最珍贵的信物，它是诗的境界中至高无上的神灵。

假情假意打动不了读者，只能让人倒胃口。

真挚的感情来自何处？来自作者对于现实生活的正确认识和理解，来自对现实生活深切的感受。只有现实生活中的喜怒哀乐首先打动了作者自己，他的诗才会激起人们的感情波澜，产生强烈的共鸣。

时代在前进，生活在变化，人们的思想感情也在变化。作者必须随时随地地深入到生活的底层，从平凡的生活中发掘不断变化着的多彩的感情，将其付之鲜明的形象。

前年，我回南京休假，火车上非常拥挤，车厢的两头和过道里都挤满了人，我因给一位抱小孩的妇女让座，不得不在烦闷燥热中整整站了一千公里。我在极度疲劳中，望着座位上孩子那明亮的瞳仁，听着大家的称赞，想了很多。战士们长年在训练场上、在哨位上的站立生活一起涌到眼前，我深深地感受到：军人的生活中，最多的就是——站立！

回家后，我去幼儿园接孩子，幼儿园的阿姨对孩子说："小念念，你爸爸来接你了，快喊爸爸！"孩子瞪着惊奇的眼睛望着我，既不动，也不喊。幼儿园的阿姨见此情景，又对孩子说："小念念，快喊爸爸，你不喊，爸爸多难过呀！"这时，我伸手想去抱他，他却扭头跑开了……

一年一度的假期倏忽间就过去了，回部队后，我眼前时常浮现出爱人在车站送行时偷偷抹去泪水的情景。后来爱人来信说："我为你送行回来，站在房前不敢打开家门，我怕看见房间里空荡荡的，我怕被惊醒的孩子向我要爸爸……"

啊，军人的牺牲何止在战场！

感情的酵母终于发酵了，眼前的一切不知不觉地走进了我的诗行——《我是战士，生活在今天》。

尽管诗还不成熟，但它无一不是我的真情，我的实感。

没有真切的感受，我一句也写不出。

也许，不久我将转业，告别这棕黄的雄浑的高原，去淋浴南方的熏风细雨。虽然青山碧水、烟柳杏花将会令人陶醉，可是，我还是会怀念那庄严苍茫的高原，因为那里留下了我人生中最美好最有活力的岁月，在那里，我学会了歌唱人世间最美好的情愫，在那里，有我诗的摇篮。

无论命运把我置于何地，我将永远奉行一个信条——我的歌，忠实于真实的感情。

原载《萌芽》1985 年第 5 期

诗的翅膀

不知不觉中，我们迎来了 2009 年的春天。

春天是生命的节日，也是诗歌的节日。在改革开放三十年后的第一个春天，《扬子江》诗刊郑重推出诗人叶文福呕心沥血创作的一首长诗《青藏铁路》，此作大气磅礴，深沉厚重，质朴自然，既适合阅读，更适于朗诵。

如今，适于朗诵的诗似乎被认为不够"时尚"，甚至有人提出诗歌"不可朗诵"。这有点奇怪，回顾我们中华民族的诗歌历史乃至文学史，有哪一篇经典作品是不能朗诵的呢？即使在西方，西班牙诗人、诺贝尔文学奖获得者梅洛也曾强调说："诗歌的唯一秘密在交流""诗歌是被交流的一种真理"，朗诵，难道不是一种最好的交流方式吗？

我们提倡朗诵，就是要通过朗诵进一步开掘作品的思想深度，升华其理性的高度；就是让诗歌插上节奏和韵律的翅膀，在心灵和心灵之间飞翔；就是让更多的听众体味文字之外的美妙，享受审美的愉悦，感受汉语言的优美和诗歌的魅力。

《扬子江》诗刊始终以海纳百川的胸怀欢迎各类优秀诗作，不论哪一种风格、流派，不管作品是否适合于朗诵，只要是好诗，我们都欢迎，尤其欢迎那些厚重、质朴、充满美感的诗作。

我们相信，中国的诗坛一定会越来越健康，诗歌的春天一定会到来，我们愿意为此做出努力！

原载《扬子江》2009 年第 1 期

直面现实

　　眼下，新诗的发展依然令人目不暇接，新诗的队伍依然是浩浩荡荡，个性化写作、个人内心独白越来越成为一种潮流，带有强烈的政治色彩和公共社会化的写作逐渐被淡出。诗，似乎变得越来越"纯粹"。

　　与此同时，诗歌界又呈现出潮流迭起、"各领风骚三五天"的热闹局面，各类作品既异彩纷呈，又纷繁芜杂。其中，确实涌现出一些好的诗作，也产生了不少具有探索性的作品。但是毋庸讳言，真正艺术精湛、深受广大读者所喜爱、又能口口相传过目难忘的精品力作，还是少之又少，诗歌写作的随意性、散漫性愈演愈烈，诗歌界的状况并不让人乐观。

　　这种状况，首先表现在部分作者以漠视传统、拒绝传统来抬高自己的写作，极力否认自身的写作与传统历史之间的血缘联系，从而强调和夸大自己的所谓"创新"，殊不知这种断裂式的写作，即使你切断了与传统之间的脐带，也切不断你与传统相连的血脉，更切不断植根于你血液中的基因。况且，任何创新都是在既有的传统基础上进行的，不识传统，何以言新？

其次是有的作者的写作不关心社会公共生活，不关心我们生活着的这个时代，不关心社会底层的人民大众，无视社会责任，一味地"内心独白"。这种"独白"往往是内容虚无，思想贫血的结果。当然，有的"内心独白"也可以产生出好诗或者是所谓"纯粹"之作，可是，当这种倾向不可节制地泛滥成灾以后，广大读者只能离你而去。事实上，作为生活在现代社会中的个人，也不可能完全脱离于政治和社会生活之外，我们要做的只能是鼓起勇气直接面对，在勇敢面对的同时，尽可能地多保留一些个人的空间。

诗坛上流行的另一种不健康的风气，就是浮躁之气。一些急于求成的作者，不是潜下心来，认认真真地进行一番扎扎实实的基本功的训练，从而厚积薄发，更谈不上古人所说的"两句三年得，一吟双泪流"的敬业精神，他们对诗歌缺乏敬畏之心，他们对自己的成长不寄希望于一口一口地吃饭，而是恨不能服用"添加剂"，甚至是服用"激素"，以便快速生长。这种快速生长难免会产生浮躁和焦虑，难免会产生不着边际的梦幻和呓语，他们可以在一夜之间拉起一面"旗帜"，可以制造出许多与诗歌本身无关的"诗歌事件"，但一律都免不了过眼云烟的结局。

我们也许开不出什么"救诗"良方,但是,中外诗史和新诗百年的实践经验告诉我们:流传数千年的优秀诗歌传统我们没有理由不继承,我们所生活着的这个时代应该去关注,养育我们的衣食父母和创造社会财富的劳苦大众也应该去贴近。我们高兴地看到,诗坛和诗歌正在回归,正在向传统回归,向人民大众回归,向社会责任的担负回归。

《扬子江》诗刊一直主张诗歌要走向时代、走向社会、走向人民大众。一贯倡导诗歌要直面现实、弘扬社会正气;要讴歌人民群众自尊自强的人格力量和坚忍不拔的精神风貌,传达普通百姓的心声与愿望;要体现诗人的良知和勇气,召唤人们对社会的责任和爱心。为此,我们曾经用较长时间,投入很大的精力、财力,举办"民生之歌"诗歌大赛、校园诗歌大赛,以及多种此类活动,意在呼唤诗人们创作出更多的关注底层、体察疾苦、感情真挚、诗风健康的诗歌作品,以实际行动促进诗歌的健康发展。令人欣慰的是,我们的努力得到了广大读者、作者和行家们的鼓励和支持,也在批评性和建议性的意见中汲取力量和校正不足,我们将坚定不移地继续前行,不辜负"扬子江"这条诗歌的河流。

原载《扬子江》2010 年第 1 期

读诗随想

二十世纪七十年代初，我有幸在一家有相当规模的图书馆里住了一年多，当时图书馆还是处于被禁锢的状态。那时我二十多岁，精力旺盛又喜欢新诗，于是把能找到的新诗读了个遍。当时的记忆力好，一些让人感动的好诗看看也就记住了，记不住的就抄，抄了几大本。

就地区而言，当时惊异于四川的诗人特别多，比如流沙河、梁上泉、雁翼、陆棨、傅仇等人；其次就是我们江苏。江苏诗人的一些诗作至今还记忆犹新，如沙白的《水乡行》《大江东去》，孙友田的煤炭诗《我是煤，我要燃烧》《脚印》《矿山锣鼓》，忆明珠的《跪石人辞》《恨张营》等等，一大批诗人诗作，精彩纷呈。

改革开放以后，一大批诗人焕发了青春，如王辽生、丁芒、朱

红等，尤其是赵恺先生，他的诗作《我爱》《第五十七个黎明》引起了巨大反响，每次听朗诵家张九妹朗诵《我爱》都是鼻子酸酸的，泪水盈眶。特别是《第五十七个黎明》中写一位年轻女士在休完56天产假后推着婴儿车顶风冒雪去上班途经天安门广场的情景，让人心灵震撼，诗人破天荒地写道："历史博物馆肃立致敬／英雄纪念碑肃立致敬／人民大会堂肃立致敬……"这对于我们长期接受的思想教育确定是一种大胆的突破，由此足见作者深厚的思想功力。

江苏一批卓有成就的中老诗人：他们有较强的社会责任感，较好的诗歌艺术的感受能力；同时又具有较高的审美情趣，他们是江苏诗歌的宝贵财富，他们一直笔耕不止，新作送出，其中的一些诗人也在力求对自己有所突破。例如，写了《我爱》《第五十七个黎明》《周恩来》等影响很大的赵恺，这些年尝试"变法"，他的二十首新作《天耳听罄》就是一种尝试，诗人虽然年逾古稀，却依然能保持旺盛的艺术创造力和生命活力。正如评论家张宗刚所说："诗作以干净利落的句式，充分整合了诗人对世态人情的深切体察……诗人眼是冷的，心是热的，血是烫的，中国传统文学的兴观群怨熏浸刺提各种功能，皆有彰显，一如辣椒之烈、又如姜桂之香。"

一大批青年诗人才思敏捷，风华正茂，创作出大量作品，其中也产生了一些具有探索性的作品，他们大都在扎扎实实地写作，少有浮躁之气，不像有些人那样对诗歌缺乏敬畏之心，为了尽快成名恨不能服用添加剂或者"激素"，从而产生浮躁和焦虑，也不像有的人那样一夜之间就拉起一面"旗帜",甚至是制造一些与诗歌无关的"诗歌事件"。他们基本上都在那里进行基本功的训练,潜心写作,稳步前进。

特别值得注意的是:江苏"70后"青年诗人是一个较为庞大的群体,除了本省之外,还有相当一部分来自外省的打工诗人,如苏州、昆山就聚集了几十位年轻诗人,他们还在苏州办了一份《打工诗歌报》。他们的作品,本地作者大都有着苦痛记忆和故乡情结,地域地理和文化影响在他们身上有着清晰的烙印,外地来的打工诗人大都抒写底层生活,热爱与焦虑并存,有沉重的现实感和责任感,他们的作品大都有着质朴的语言风格,受口语诗的影响多一些。"80后"的诗人雨后春笋般涌现出来,他们的作品往往充满了叛逆意识,很有锐气。

江苏诗人虽多,但非常突出者少,也就是我们说的,高地缺少高峰。真正艺术精湛、深受广大读者喜爱又能口口相传、过目难忘的精品之作,还是少之又少。此外,写作的随意性、散漫性在蔓延。同时,诗歌又像宠物一样,被一些喜欢它的人勒得太紧,生存的空间越来越狭窄。事实上诗歌应该有更大的生存和发展空间,对年轻诗人也应该给予更多的关注和扶持。

江苏和全国一样,新诗的创作生机勃勃,热闹空前,各种流派异彩纷呈,不断涌现出一些探索性的佳作,可是绝大多数诗作只能是各领风骚三五天,海量的无法读完的新诗每天都像洪水一般涌来,泥沙俱下,鱼龙混杂。遵循古训,我们养成了"敬惜字纸"的

海州湾的阳光

习惯，而现在有时会产生出一种罪恶感——每过一段时间，就要处理掉大量的刊载有新诗的书刊。这实在是一种无奈之举。

正如洪水泛滥时真正缺乏的是饮用水、爱情泛滥时缺少的是真爱一样，如洪水般泛滥的新诗中，真正能够流传下来的好诗却凤毛麟角，诗歌严重脱离了时代，脱离了社会现实生活。有的人诗作等腰，却没有一首诗能让人记得住。造成这种局面的原因很多，我认为一个重要的原因是写作者缺乏对诗的敬畏，缺乏关于诗的修炼。我想起在《雨花》杂志做编辑时，当时的主编叶至诚先生说过：现在有的人写诗就像有些人初学书法一样，一天的正楷都没有练过，一上来就是狂草，至于写的是什么，谁也看不懂，过几天就连自己也不认识了。如果你让他写个楷书看看，他会说，楷书算什么，我不屑于写。这种粗鄙化的急功近利的鬼画符、不愿扎扎实实苦练基本功的现象随处可见。说到这里，我们真诚地希望诗人的写作不要太随意，要给自己的写作增加一些难度，少写一点，写慢一点，写精炼一点。随着时间的推移，相信诗坛会越来越健康，总会有一些优秀的诗作流传下来。

人物风采

美的使者

　　诗歌的真谛是美，诗歌朗诵就是传播美，就是让更多的人聆听美、感受美。冯亦同先生是一位诗歌朗诵的热心倡导者、实践者和推动者，从这个意义上讲，他是一位美的使者。

　　结识亦同先生，缘于诗朗诵。二十世纪八十年代初，我还在驻山西的部队工作，和远在南京的冯亦同互不了解，也没有过任何联系。一次偶然的机会，发现他和他的同仁创办了一份《朗诵报》，并在创刊号上转发了我发表在《萌芽》杂志上的一首诗——《我站了一千公里》，但我还是对冯先生不太了解。转业到南京后，才知道冯先生不仅创作了大量优秀的诗篇，更是一个诗歌活动的热心组织者。到了二十世纪九十年代后期，著名诗人赵恺任江苏作协副主席，并兼任诗歌工作委员会主任，承蒙厚爱，赵恺先生让冯亦同和

我任副主任，做他的助手。共同的爱好和共同的情趣使我们走到了一起。我们一致主张：诗歌应当走向时代、人民和美，应当让诗歌插上朗诵的翅膀，飞进民间、飞进广场、飞进殿堂。

在此后较短的时间里，我们诗歌工作委员会举办了"红豆相思节"诗歌朗诵会、"金陵之夏"诗歌朗诵会、"荷花节"诗歌朗诵会、"走进赣榆"大型广场诗歌朗诵会和赵恺诗歌朗诵会等等，盛况空前，反响热烈。在这一系列的活动中，赵恺先生总负责，并撰写主持词，冯亦同先生负责节目编排和演员邀请，我则凭借做过办公室主任的一点经验，负责会务组织工作。工作班子简洁精练，快捷高效，有人戏称我们是"铁三角"。其间，亦同先生的热情和敬业精神让我们深深感动，尤其让我们敬佩的是，他几十年的好人缘积累了丰厚的社会资源，有时在别人看来很难办到的事情，他可能一个电话问题就解决了。今年五月，他竟然一个人在鸡鸣寺成功地操办了一场别开生面的"端午诗会"，其社会能量，由此可见一斑。

我和亦同先生的缘分还在于我们共同喜爱"紫金花"，也就是二月兰。我生来崇尚自然，热爱植物。我曾连续七年具体负责举办江苏青年作家读书班，每一期读书班我都安排在中山植物园，那是一个植物的乐园，更是心灵的乐园。时间则选在二月兰盛开的初春，我和学员们都非常喜欢这种生命力极强、开得热烈、紫得高贵的小花，那种铺天盖地的紫，既养眼又养心，让人心旷神怡。我在郊区找地方种植，每年都要收集几公斤的种子，赠送亲朋好友，四处传播。亦同先生得知我的爱好，他就把日本和平友好人士山口诚太郎传播"紫金花"的故事电传给我，让我分享。他还为此创作了一首诗《紫金花》，并获得特别奖。今天，他又把自己的新作命名为《紫金花》，由此可见"紫金花"在他心目中的地位了。平凡而高贵的紫金花和诗歌朗诵一样把我们的精神世界紧密相连。

诗歌之美需要传播，"紫金花"之美更需要传播。我们庆幸诗歌界有冯亦同这样一位热心的传播者。

祝福他，美的使者！

原载《都市文化报》2007 年 11 月 20 日

我是一个普通的人

——访刘少奇的女儿刘爱琴

刘爱琴住在北京团结湖一栋居民楼里，房间里的陈设十分简单：一张陈旧的三屉桌当写字台，一对简易沙发，单位折价处理的原集体宿舍的单人木板床……因为没有什么家具，本来不大的房间倒显得宽敞了。

刘爱琴刚下班，还没顾得上吃晚饭就热情地接待了我们。她中等偏低的身材，精神很好，性格直爽，谈笑自如。

"我在外经部国际贸易研究所工作，家里只有我和小女儿两口人，另外三个孩子都在外地，小女儿已结婚，女婿还在内蒙古工作。"

"你不想把他们调到北京来吗？"我们关切地问。

"当然想过。"她说："可是不行呀，1980 年我调来北京时，上级只批准我带一个孩子，我是按规定办事的。当然，我还是希望身边能再有一个孩子，至少想过让已结婚的小女儿和她爱人不再两地分居。"

"那么，你不能找人帮帮忙吗？"我们想，这对她来说不会很难。

"走后门吗？"她笑了"我不愿意为私事去找人，我不愿干那种不光彩的事；再说，有这种困难的很多人，不一定都能得到解决。"

是的，对于目前社会上流行的"关系学"，刘爱琴一是"一窍不通"，二是嗤之以鼻。了解她的人都知道，她一直像普通老百姓一样工作、学习和生活。就拿她的工资来说吧，她参加工作三十多年了，现在每月只有七十多元。1949年，她从苏联学习回来，在北京的一所中学教了一年的俄文，第二年进人民大学经济计划系读书，毕业后分配到国家计委工作。1958年，她满腔热血地响应党的号召支援边疆建设，在内蒙古工作了二十年。三年困难时期，轮到她调工资，为了分担国家的困难，她坚决要求自己不调级。直到1977年，她才调了一级。1979年再次调工资时，她主动提出不参加调资，理由很简单："有人比我还困难。"说起来也有趣，她有个在部队工作的孩子工资收入比她还多。

"看得出来，你的生活比较清苦，对此，你自己怎么想呢？"

"我觉得现在的生活挺好的，也许是我从小苦惯了的缘故吧。"

看着我们疑惑不解的目光，她充满感情地回忆说："我没有见

海州湾的阳光

过我的生母。在我刚出生不久，妈妈就把我寄养在汉口一位工人家里，去做党的地下工作了。大革命失败后，党组织和我们失去了联系，那位工人也失业了，他把我带到农村。后来，党组织找到了我，把我接到武汉八路军办事处。1938 年，我被送到延安，上了保育小学。那时我才知道：我的生母何葆珍在上海被捕后，于 1934 年在南京雨花台英勇就义了。"

"在延安生活了一年多，我被送到苏联国际儿童院学习。当时苏联正处在卫国战争时期，生活非常艰苦，和广大苏联人民一样，我们常常吃不饱肚子，只好到二十多公里以外的树林里去开荒种土豆煮着吃。"

"'文革'中，由于众所周知的缘故，我被下放到一个灯泡厂劳动，在那里我干了八年，干过最重最累的活，该受的冲击我都受了……"

"总之，我过惯了和普通人一样的生活，总觉得我和大家一样，没有什么区别。当年在内蒙古和我一起工作过的同志和他们的孩子现在来北京，就到我家住宿，我专门准备了一张木床和一张行军床，有时来的人多，还要搭地铺。大家在一起热热闹闹，我也很高兴。有位同事刚调来北京，房子紧张，她母亲就住在我家里。"

停了一会，刘爱琴告诉我们这样一件事："1978 年，爸爸还没有平反，经陈云同志批准，我调到石家庄河北师范大学俄语教研室工作。一次，我在食堂买窝窝头吃，有个人问我：'你也吃窝窝头，你知道窝窝头是什么滋味吗？'当时我真的感到委屈，他真不了解

083

我，他哪里知道我有过连窝窝头都吃不上的日子呢？"她一边说，一边蹙着眉轻轻地摇头。

"爸爸平反以后，有人找我替他们走后门，我对他们说，我办不了。是的，我爸爸曾经是国家主席，我也认识一些掌握着很大权力的老首长、老前辈，但他们办的是党的事，国家的事，人民给他们权力，是让他们为人民谋利益的，不是为某些人谋私利的，我怎么能去乱说一气呢？作为干部子女，不能打着爸爸的招牌去干那些让群众不满的事，那样做是让人瞧不起的，也不是一个共产党员应有的品质。"

交谈结束后，我们告别时，她笑着说："和你们在一起聊天我感到很愉快，欢迎你们经常来，不过请你们不要写我，因为我是一个普普通通的人。"

我们想，为了能使这样的普通人更多一些，还是应该把这段真实的记录献给大家。

原载《江苏青年》1983 年第 2 期

明天会好

一

　　7月11日，一场大雨过后，厚厚的云层终于变薄了，透过多少有些发白的云层，似乎能感觉到久违了的阳光就在云彩上面，绿树映掩的六合县新集乡孔湾村，被连续一个星期的大雨、大暴雨洗的青翠欲滴，到处是水淋淋的绿，湿漉漉的青，透明的空气饱含水分，稻田里一片葱茏，菜园里更是生机盎然；刚刚下过蛋的母鸡一边觅食，一边叫着"咯咯哒"，健壮的绿尾公鸡时而引吭高歌，时而抖一抖毛，鹅鸭在漫水的池塘里尽情地嬉戏；嗜睡的肥猪趁着暂时凉爽的天气一睡不醒，耕牛悠闲地甩动着尾巴，小狗爱管闲事，偶尔昂首吠几声……

青壮力都上了滁河大堤，孩子们在玩耍，老人们望着将要放晴的天空，紧皱着的眉头开始舒展……

突然，有人匆忙从大堤上跑回村里摘门板："不好了，涵闸漏水，'穿厢'了！"紧接着，又有一批人奔回村里，抱走了自家的被子冲向河堤堵漏，恐怖感在村子里迅速蔓延——一座建于70年代的涵闸，乡里多次要求上级拨款翻修而没有下文，现在终于捅了"漏子"。堤内的洪水浑黄一片，而堤外却"咕嘟咕嘟"地冒黑水，石头抛下去，黑水照样冒；门板放下去，还是堵不住；二十多床棉被塞下去，转眼间，被子从堤外冒了出来；两条装满草包的水泥船沉了下去，漏洞不但没有堵住，反而越来越大，滔滔洪水终于冲开了一条60多米的决口，向着堤外20个自然村、4万余亩地涌去。

"不好啦！决堤啦！赶紧转移！"终于没能堵住大堤的村民不顾一切地奔回村子，奔回家门。接踵而至的洪水像是和人赛跑，霎时间鸡飞狗叫，老人喊，孩子哭，慌乱的村民们扶老携幼，牵牛赶猪，拼命地向堤上转移。

孔湾决堤的噩讯传往各级指挥部，南京市公安局干警、南京军区某周桥旅和解放军工程兵工程学院的官兵奉命火速赶往灾区，当千余名官兵来到一片茫茫大水前，由于电讯中断，正不知往何处开拔，市公安局通讯处的郑文龙等4人赶到现场，他们用无线电对讲机引路，终于赶到淹水的各村，帮助群众紧急转移和疏散。

在孔湾村，一位老汉扛着全家最值钱的家当——一台彩电，上

气不接下气，拼命地赶往大堤上赶，洪水越来越大，眼看就要"人财两空"，市公安局的两位民警赶到，他们一位接过电视机，一位挽着老汉，一步步走出洪水。

大水涌进朱云村，平日不会爬树的一位老汉不知怎么竟然爬上了树，水越涨越高，眼看爬到了树顶，可是水还在涨，老汉绝望了，突然，远处响起隆隆的声音，解放军的一艘冲锋舟急速驶来，终于得救的老汉顿时热泪盈眶。

三汊湾的深夜，一位80多岁的老人神情木讷地坐在家里，四周全是惨白的大水，他的两个儿子只顾抢东西，竟把老人丢在水中。特务连指导员岳翠军等4人驾驶冲锋舟挨家挨户地寻找尚未脱险的村民，当他们发现老人并把他抬到船上时，老人激动得一句话也说不出来。

7月12日上午，我们驱车赶往新集。途中只见潮湿的公路两旁堆着破旧的家什和一袋袋粮食，老母猪在路旁乱拱，使本来就泥泞的路面更加泥泞不堪。老人、小孩、妇女或坐或立，形容憔悴。快到新集时，路旁停放着南汽、扬子石化等各大单位的抗洪车辆，成捆的麻袋、草包堆在路边，一排舟桥部队的大卡车载着汽艇，显得威武雄壮，给人以临战的感觉。新集大街上，由青壮男性组成的突击队正裹着雨衣"枕锹待旦"，他们随时准备投入保卫宁六公路、保卫扬子石化的防洪战斗。

未出新集，就被一片汪洋挡住去路，我们乘坐解放军的冲锋舟直驶三汊湾村，继续寻找尚未脱险的村民。

昔日如诗如画的绿色田园一夜之间尽成泽国，混浊的水面上，电线杆只剩下一小截，电线掠过水面，冲锋舟飞驶时，大家不得不时时相互提醒："电线！""注意电线！"

树梢无可奈何地轻拂水面，无数麦草垛只剩下一个个圆顶，仿佛一座座棕色的坟包。

高低不等的房屋或淹到窗户，或淹到房顶，土坯垒起的房屋经不住洪水浸泡，发出沉闷的瘆人的倒塌声。

无处栖身的蛇或爬上树枝，或卷曲在草垛顶，宛如一盘盘粗大的蚊香；各种不知名的虫子浮在水面，引来一只只飞燕在水面上不停地穿梭。

倒是一群群鸭子很自在，有吃有喝，还有玩的，但是它们"嘎嘎"的叫声说不清是快活还是凄凉。一只健壮又漂亮的狗被困在四面环水的草垛顶，它抬起头，充满了乞求的眼睛直盯着我们，希望我们的冲锋舟能搭救它，可是，我们有比救它更重要的任务，只好请它多多原谅了。

村庄里多树，由于树枝的阻拦，冲锋舟在村庄中行驶十分困难，我们左冲右突，终于救出村中最后两名村民和部分财产，复又驶向远方。

远处的大堤上，灾民们用树枝、塑料布等搭起来白花花的各式棚子，顺手抢救出来的杂物堆放其间，救灾用品尚未运到，生活无着的灾民们并不慌乱，他们眼望白茫茫的大水，似乎在盼望着什么。

海州湾的阳光

当载着我们和两名村民的冲锋舟刚刚在新集靠岸，一位三十多岁、面色黑黄的妇女便冲上船来，她说着号啕大哭来："昨晚上慌慌张张地逃出来了，什么也没有带，连一把米也没有，请你们带我回家，看看能不能捞一点米出来，一家人从昨晚到现在还没吃一口饭呢！"一时间又有六、七位村民踏进冲锋舟，小小的冲锋舟一下子就吃水很深了……劝谁下去，谁也不下，小小的冲锋舟怎么可能再去装东西呢？

是日，滁河水位下降1米，津浦铁路大动脉晓桥路圩险情缓解，严重威胁扬子石化、南化公司、南京钢铁厂的龙池圩也同样得到缓解，国家防总指示要破口的新联圩也终于没有必要再破，新联圩内的百姓避免了一场浩劫。

新集破圩，安知祸福？

3天之后，雨区北抬，烈日当空，持续高温真正地将灾民们置于"水深火热"之中了，大堤上没有一棵树可以遮阴，熬不住烈日暴晒的人们只好躲进窝棚，而棚内简直就是一个蒸笼……

吃惯了苦的农民似乎很坦然，几乎看不到他们痛苦的表情，一位名叫邓伟琴的青年妇女坐在棚子里，一手扇着芭蕉扇，一手护着一只大木盆，木盆里铺着半盆麦草，麦草上放着一张枕头席，席上躺着一个刚刚出生15天的婴儿，婴儿在母亲的护卫下竟然睡得很香。

64岁的陈大爷满面愁容地说，老天爷真是造孽啊，从6月份我们就天天浸在水里泥里，挖泥担土，大人小孩的手都抠烂了，脚都

089

泡肿了，为了堵漏，家里的门板、被子，能用的都用上了，可最后还是让水淹了。各家的盆盆罐罐、衣服不说，单是粮食一项，哪家没损失千把斤，那粮食可是我们起早贪黑、吃苦流汗挣出来的啊！现在都让水泡臭了，连牲畜都不吃，造孽啊！

刘潮老汉只穿一条裤衩——这是他唯一从大水里带来的物品。满是皱纹的脸上和搓板一样的双肋刻着风风雨雨和千辛万苦，他一生的心血——家中8间房子全被大水冲倒，此时他一句话也不说。而65岁的宋九伟老人却有说不完的话：听老人讲，民国三十年发大水，那时滁河也决了堤，村子也都淹了，可那时候当官的不管老百姓，死的人可真惨，可逃出来的人更惨，好几天吃不上一顿饭。有一家的亲戚送来一桶稀粥，快要饿疯了的灾民扑上去就抢，由于人多，粥没有抢到，人却踩死了好几个。可现在就不同了，这么些日子也没有淹死、饿死一个人，政府替我们想得周到，吃的，用的都送来了，这不，政府看我们在大堤上太受罪，已经通知我们，下午转移到县城里去……

18日下午，船队、车队自载着饱受煎熬的灾民离开了无遮无盖的大堤，奔向六合县城，县城里的机关干部和群众伸出了一双双热情的手。当天晚上，在六合春饭店，灾民们面对工作人员端上来的糖开水和四菜一汤，激动得什么话也说不出来。

二

没有雷鸣，没有电闪，美妙无比的大自然仿佛被她精心孕育的人类所激怒，悄无声息地开始了疯狂的报复，霎时间天倾东南，暴雨连着暴雨……

本是火辣辣的 7 月，兴化大地却一片汪洋。

7 月 16 日，一只小艇从兴化城隆隆启动，驶向尚未完全沉没的县稻麦良种农场。

昔日炊烟袅袅的村庄，纵横的阡陌、绿茵茵的稻田如今被一片惨白所覆盖，成了"水底世界"。曾多次往返于这里的农林部门的同志，眼望白茫茫的一片，再也分不清哪里是道路、河沟，哪里是稻田、棉田。

小艇破浪向前，身后的浪涛拍打着低垂的树梢，拍打着时断时续的堤岸，拍打着岌岌可危的房屋，为使房屋不再倒塌，小艇只好减速行驶。

沿途断断续续的堤坝上，临时搭满各式的棚子，更多的人家坐在自家门前的小船上，似乎在守护着被水淹到窗户或淹到房檐的家，小船用绳子系在树上，船上堆着匆忙中抢救出来的粮食和杂物，一家老小便在蚱蜢小舟上过起了艰难的日子。

经过 1 小时 20 分钟的航行，小艇来到良种农场。场部办公楼成了一座孤岛，无处栖身的 700 多名职工、家属集中在 7 条船上和办公楼的 2 楼和 3 楼，7 条大船围绕在场部四周，每条船上住着 10 户左右的人家。人多、杂物多，谁也躺不下来，连睡觉也只能坐着。住在办公楼上的职工每四户人家一间房子，为了能省出一点空间，他们把一袋袋粮食排在下面，人和人紧挨着坐在粮食上面，刚送来的面包放在一只大篮子里，墙角腾出一块地方放着一只煤炉，做饭是不行了，只能烧口水喝。

职工们表情坦然，因为良种保下来了。洪水到时，他们谁也顾不上家里的坛坛罐罐，拼死拼活地把麻包在仓库四周垒起了坝子，库内用石头支起一排排木棒，良种高高在上，安然无恙。当他们接到省农林厅的负责同志带来的 5 万元赠款时，他们的眼睛湿润了。一位 70 多岁的老人说，民国二十年发大水，不知死了多少人，光是高邮泰山庙一个地方，就捞死尸 2000 多具，今年的水大多了，可有政府我们不怕，过去发水人吃人，现在发水人救人哪！

最艰难的要数被迫离开家园的农民了，他们用逃离时探水用的竹竿、树棍用随手带出来的塑料薄膜、破草毡，用水上漂来的稻草，在高处搭起极其简陋的窝棚，数十公里的堤坝上、公路旁，窝棚挨着窝棚，地灶挨着地灶，老母猪带着一群群小猪大摇大摆地穿行其间，鸡鸭四处觅食。棚子里除了几件杂物和霉变的粮食外，便是一群光着屁股的孩子，他们手捧大碗，呼呼有声地喝着用霉变的小麦做成的糊糊，锅边和碗边上不时落着黑色的苍蝇……

"发下的食品只有一点点，不够吃，我们只好一天喝一两顿，

孩子们老是喊饿，只好一天给他们喝两顿糊糊，就是这样，到了秋后还是要断粮啊，一想到明年春天，心里就直发毛！"一位饱经风霜的农民神情木讷地说。

不知是谁带来一张包着饼干的报纸，定睛一看，原来是一张新到的 7 月 15 日的《人民日报》，报纸上显赫地印着黑体字：

农业生产谁列前茅全国县（市）排出名次

报载：国家统计局眼下排出 5 年农业总值、粮、棉、油、肉总产量前 10 名大县，其中兴化市农业总产值居全国诸县和县级市之首……

可眼前呢？

读着这则消息，实在说不清是高兴，是惋惜，还是难过。只觉得一股酸溜溜的东西直冲脑门，胸中好像堵了什么东西……

大雨终于停止了疯狂，万里无云的晴空高悬一轮烈日，惨白的阳光直射在惨白的水面，刺得人们头晕目眩，持续上涨的高温似乎要把灾民推向绝境，闷热的窝棚温度急剧上升，卫生人员一测试，水银柱直窜：45℃，55℃，有的甚至高达 68℃，失去家园、无家可归的灾民们实在顶不住烈日的暴晒，只好钻进窝棚，去忍受那闷热的熏蒸……

望着刚刚从洪水中死里逃生、又在火球般的烈日下受煎熬的父老乡亲，我真正懂得了"灾"字这个上面是水下面是火的繁体字的含义，水火成灾，水火无情啊！

不肯远离家园的灾民们仍然在门口的小船上耐心地等待着洪水

退去，缺粮、缺草、缺漂白粉、缺药品；有时他们不得不食用尚未腐烂的死鱼，传染病威胁着每一个人。

本村的一位农民两年前承包了几十亩鱼塘，由于缺少经验，第一年亏了；到了第二年就持平了，今年他决心拼一下。他几乎变卖了所有家当，又东借西借，还贷款数万元，全部投在了鱼塘上。他和妻子披星戴月，千辛万苦，眼看着辛勤的劳动变成了活蹦乱跳的希望，可是他做梦也不曾想到，一场他从来没见过的大水一下子就冲垮了他的鱼塘，数万斤活鱼转眼不知去向，面对一片茫茫大水，他和妻子竟然号啕大哭："天哪……"

跑鱼让人悲痛，匆忙中打捞出来的鲜鱼也给灾民们出了一道难题——堤坝上一位妇女守着一堆鲜鱼，满面愁容地坐在那里，不停地向行人乞求："买鱼吧，买鱼吧，1块钱2斤，拿两条走吧，给点钱就行，给钱就行……"可是，又有多少人来买她的鱼呢？

此时南京城里菜价猛涨，活鱼3块多钱一斤。

多日无雨，洪水减退，不少人返回家园，忙于抢种补栽，可是房屋倒塌了的数以万计的灾民还要住在棚子里，并且要在这里过冬。曾经抢救出他们生命财产的解放军战士中，不少人的家远在安徽，家中的父老乡亲们还在洪水围困之中，他们却在这里默默地为灾民们搭建过冬的住房。砖头、毛竹、芦席、油毡等不断地运到，食品、煤炭、药品接连送来。老百姓鼻子发酸了，眼睛湿润了，继而，他们又发愁了：咱当农民的还是要靠种地吃饭啊，这水不退，秋天种不上麦子，来年怎么办呀？咱不能光靠救济过日子呀！

海州湾的阳光

在和灾民们推心置腹的交谈中，我们发现了十分紧迫的问题：大水虽然冲毁了农田，冲倒了房屋，却并没有冲走人们的生命力——由于避孕药的缺乏，致使原来就不容乐观的计划生育工作受到严重威胁。

返回的路上，两旁的洪水已退去一些，点点新绿正逼向片片浑黄，然而，简陋的窝棚仍然比比皆是，树荫下坐着一位年轻的母亲，她还在一字一句地教小女儿认字："马、牛、羊。""人、口、手……"小女儿一字一句地学，神情是那样的专注，稚嫩的童音飘向田野上空，仿佛给四周的一切注满了勃勃生机。

一位抱孩子的老人还在聚精会神地收听广播，收音机里正在播放电视连续剧《渴望》的插曲：

"茫茫人海，四处寻找，

一息尚存就别说找不到。

希望还在，明天会好。

……"

是的，希望还在，明天会好，明天一定会变得更好！

原载《钟山》1991 年第 5 期

爱的抉择

爱，这个古老而又新鲜、充满甜蜜而又不无苦涩的字眼，它把一个广阔的世界摆在人们面前，在这里有你朝朝暮暮的幻想，有你含情脉脉的恋人，更有你孜孜以求的事业……

年轻的朋友啊，当你青春的脚步踏进爱的天地之时，当五彩缤纷的爱同时向你涌来，而你又不得不有所取舍之时，你该做出怎样的抉择？

一

晋南初夏，一个熏风醉人的中午，某团六连的饲养场内一片寂静，一头头肥猪睡得正酣，突然，它们像听到了什么紧急信号，乱

哄哄地叫着，争先恐后地爬了起来，有几只竟然像狗熊一样站立起来，把几只前腿搭在围墙上。没有错，这些只知吃睡的家伙们的共同感觉不会错，瞧！饲养员李兴桃回来了，他热汗淋漓地拉回一板车嫩绿的猪草，原来是他有力的脚步声送来"开饭"的信号。

切得又细又匀的猪草撒进猪食槽，猪圈里一片贪婪的咀嚼声，肥猪们一个个抖动着肩，吭哧吭哧地大享口福。连早饭还没有顾上吃的李兴桃这才直起腰来，他渴极了，舀起一瓢凉水，一仰脖子，咕咚咕咚喝了个够，然后才抹了一把额上的汗水，心满意足地笑了。这个来自四川山区的朴实憨厚的小伙子，心满意足地笑了。小伙子自从当上饲养员，一颗心就迷上了养猪工作，每天从早到晚，担水、冲圈、割猪草，忙得不亦乐乎。对于他来说，看着自己喂养的猪吃饱了互相嬉闹，听着那些大肥猪吃饱喝足了以后睡觉打鼾，心里的那股舒服劲，简直胜过星期六晚上看精彩的电视节目。因为他知道，这些宝贝吃饱了睡着了，就是开始长肉了。

"兴桃，你的信。"通信员跑过来把一封信塞给还在陶醉中的小李。"肯定是情书，有啥好消息可要公开呀！"通信员笑着拍拍李兴桃的肩膀，跑了。

一句话把本来就热得满脸通红的小李羞得脸更红了。果真是情书，一看信封那熟悉的字迹，李兴桃便陷入了甜蜜地回忆之中。

小李是个生长在穷山沟的苦命儿，两岁就失去了父母，是哥哥姐姐把他带大，他沉默寡言，但性格倔强，以诚实、勤劳和憨厚赢得了全村人的称赞，也赢得了一位年轻姑娘的倾慕和爱情。

一九七六年初，李兴桃入伍了。送别的那个夜晚，是那样的迷人而又显得那样短暂，月光透过树叶的缝隙抚摸着即将远离的情人，在他们那充满甜蜜和憧憬的心中，又多少带有一些惆怅之情。分别三年，对于恋人来说，实在是一段不短的时间，但姑娘理解他，年轻人嘛，总不能老是围着锅台转，应该到外面的大世界里去闯一闯。

"到部队要好好干，我等你。"

"嗯……"

李兴桃这个感情内在却不擅言辞的小伙子只用一声"嗯"就表达了他的千言万语和山盟海誓。

两年多了，装满深情厚意的信封飞越千山万水，在小李和姑娘之间来回穿梭，感情的纽带将两颗心紧紧地连接在一起。营建、施工，工作再忙再累，只要读一读她的来信，身上好像就有使不完的劲儿。当上饲养员以后，他更忙了，他觉得这是党支部和全连战友对他的信任，这副担子不轻啊！大家训练、施工，汗流浃背地回来，端起碗来没有个肉星星，那叫啥生活？当然，小李也知道，瞧不起喂猪这一行的，却大有人在，但他相信爱吃猪肉的人一定更多。有的饲养员不安心工作，把猪喂的像条瘦狗，一米多高的围墙"噌噌"地窜来跳去。李兴桃可不愿这样，他喂的猪整天睡大觉，肥得连走路都很艰难，一年就为连队产肉四千多斤，到六连来参观的人没有一个不佩服的。更使参观者惊奇的是，小李喂出来的猪很讲究些"排场"，夏天，不给它们搭凉棚它们就不满意，每天中

午，这些被人们认为是最脏的家伙们吃饱了以后，你不把猪圈用清水冲干净，它们就是不睡觉，一直叫个不停；冬天的晚上，它们吃饱了还是"哄哄哄"叫个没完，这是要小李给他们换干铺草，不然还是不睡觉。这真让人难以置信。大家都说，这些猪都让小李给喂"娇"了。为此，小李不知下了多少辛苦，费了多少心血啊！

人生的道路总是充满了崎岖坎坷，就在李兴桃准备大干一番的时候，姑娘来信了，说当饲养员"名声不好"，要他"赶快反映，尽早改行"。一连几天，李兴桃很不高兴，他心里矛盾极了，但仔细想想，也难怪，女孩子嘛，谁不希望自己的"他"出类拔萃，有个值得骄傲的职业，自己能在女伴面前把胸脯挺得高高的呢？但生活并非都是那样的样样如意，社会是一部复杂的机器，各行各业，缺一不可。没有人当饲养员，没有猪、羊、牛，没有鸡、鸭、鱼，天天光喝白菜汤？没有人干清洁工，那么世界上就会脏得一塌糊涂。再说，参军时你是怎么说的？乡亲们鞭炮连天地送，老战友敲锣打鼓地迎，为了什么？光荣？光荣在哪？不是穿上军衣照张照片，不是开着"解放"牌兜风，而是光荣地为祖国和人民吃苦，现在，党让我李兴桃去喂猪，把猪喂好就是好战士。

夜晚，李兴桃胸有成竹地摊开信纸，几乎倒进肚子里的"墨水"，写了整整半夜。第二天，鼓鼓囊囊的信封里，装走了他那颗淳朴的心和美好的希望。他相信，姑娘接到信一定会改变态度，一定会支持自己的工作，因为他毕竟还了解她的过去。

如今，久盼的信终于到了，李兴桃激动地小心翼翼地拆开信封，读着读着，他脸庞的红晕消失了，双手在抖动，他惊异了，他失望了！"要么改行，要么吹灯，你自己选！"真没想到，他苦口婆心的规劝所换来的，竟然是这样一道令人心碎的最后通牒。十二个字，冷冰冰的，硬邦邦，犹如十二块沉重的冰块，砸得小李的心又冷又凉。

改行！吹灯！自己选……

二

夜风冷飕飕的，连照进玻璃窗的月光都显得冰凉。李兴桃躺在床上，辗转反侧，无法成眠，初恋的年轻人是从来不做失败的准备的，唯其如此，突然而来的打击才更显得沉重。

既然在"改行"和"吹灯"之间必须做出最后的抉择，李兴桃就不能不进行认真的考虑和反复的权衡了。改行，事业让位于爱情，那就是说，什么理想、工作的需要，一切的一切都要系在对象的辫梢上，爱神在此，诸神退位！吹灯，和自己心爱的人各奔东西，这么多年建立起来的感情将付之东流。这盏灯一吹灭，过去的一切美梦统统烟消云散。将来复员回家，在那个讨老婆比请菩萨还难的穷地方，说不定真有一辈子光棍的危险，那么……

他恍恍惚惚地感到应该去找领导，但又觉得不行，找领导说什么呢，怎么说呢？说我李兴桃没出息，害怕打光棍要求改行，请组织上照顾？啧啧！那能说得出口吗？退一步讲，就算领导照顾你，给你调动工作，让你下班排，甚至让你去学开车，让你去干使她最高兴的工作，那你李兴桃自己就真的忍心离开这饲养场，离开你那一天不见就想得慌的肥猪？

李兴桃文化不高，只读了一年书，他靠自学达到了初中水平，在二十多年充满坎坷、磨难与汗渍的生活中，他还从来没有空暇去思索一下"爱"这个字眼的真正含义。但是，今天，在这个笼罩着惆怅的不眠之夜，他却突然问自己：到底什么是爱？什么是真正的爱呢？应该选择什么样的爱呢？

或许，花前月下的甜言蜜语，柳荫湖畔的山盟海誓才是爱？或许，折柳送别的依依之情，借酒消愁的相思才是爱？或许，"现代派"的少男少女们酒醉饭饱之后相互搂抱着疯狂地旋舞才是爱？或许只有不顾一切地追求，甚至把革命的理想和事业都当作献媚的花朵来换取一个满足的笑靥才是爱？不！不是，至少不完全是。在花朵上浇几杯爱的露水，哪个不会？真正的爱广阔得多！深沉的多！——除了去爱那些既能在阳光鲜花中携手共进，又能风雨同舟患难与共确实值得爱的人，还应该用全部身心去爱自己所从事的事业，这两种爱如能融为一体，生活无疑是美满的，幸福的。但是，当这两种爱背道而驰互不相容，在两个不同的方向以其各自的魅力向你招手的时候，李兴桃呵李兴桃，你作为一个共产党员，革命战士，应该做怎样的抉择？

谁都会说"革命工作只有分工不同，没有高低贵贱之分"，但当革命真的需要他去干"低贱"工作的时候，就扭扭捏捏，甚至哭鼻子抹眼泪，那叫什么人？那叫呱呱鸡，只伸脖子不下蛋！小李想，我可讨厌那种人！俗话说，"强扭的瓜不甜，捆绑不成夫妻"，终于，我们的李兴桃痛苦而坚定地下了决心：既然你瞧不起咱这个喂猪的，那就各自走路好了，我李兴桃打一辈子光棍也决不后悔！

李兴桃彻夜未眠，他为自己失去了她的"爱"而感到痛苦，他想到了自己的过去、现在和遥远的尚不可知的未来，但他更多的是为自己对饲养工作的不可动摇的爱而感到充实。

他坐起身来，长长地吁了一口气，像是吐出了所有的烦恼和苦痛，他感到自己得到了解脱，生活仍然是美好的，连天上的月亮都显得那样圆，那样明亮。他没有因为失去恋人而感到眼前一片漆黑，对事业强烈执着的爱使他感到自己的爱情世界是一片光明！

他望望窗外，天还没有亮，同往常一样，他起床拉上板车踏着如水的月光，匆匆地奔向十几里以外的汾河滩。连队外出施工，留守的人少，剩饭剩汤也少，三十头猪还等着吃他割的猪草呢？他实在没有时间去多想自己的事，当黎明的曙光洒向汾河滩的时候，热汗淋漓的李兴桃已经割下一堆堆又肥又嫩的鲜猪草。

三

风雨剥去了他军衣的翠绿，烈日赠给他一脸黝黑。这个夏天，李兴桃瘦了许多，但当他看到滚瓜溜圆的三十头肥猪，看到用自己的汗水换来的足以喂一冬的干猪草，他甜甜地笑了，心里如同吃了

家乡的柑橘，甜滋滋的。

一天晚上，六连指导员在猪圈里找到了李兴桃。

"小李，连里研究过了，上级也批准了，让你回去看家，回去后好好地和原来的对象谈谈，当面和她讲清道理，说不定还能回心转意。"

"不行呀，指导员。"一向笨嘴拙舌的李兴桃突然口齿伶俐起来，"这饲养工作我刚摸出点儿门道，这些猪的脾性也刚刚摸透，现在可不能回去，你看，这头白猪……"这头猪如何如何，那头猪怎样怎样，简直滔滔不绝，没有指导员插话的缝儿……

"李兴桃，赶快回去准备准备，明天回去探家，这是命令！"连长说话干脆利索，似乎没有商量的余地："回去问问你那个对象，到底还成不成，不成拉倒，另找一个，好姑娘多得是。"

"连长，不能说死啊。"老实憨厚的李兴桃居然还会磨嘴皮："命令嘛，当然要服从，不过具体情况也要区别对待，你看，这头母猪快要下崽了，这时候换个新手我还真不放心，回家的事先搁一搁吧，以后有时间再说，你看行吧？连长？"

探家的事就这样搁下了，谁知，一搁就是三年。李兴桃入伍六年多没探过一次家，六年多，两千多个日日夜夜，在这段人生最宝贵的年华里，他的具体生活就是猪圈、猪食、猪……

是领导不关心吗？指导员多次催促，连长多次"命令"，战友们数不清的劝告，家里来信催，可李兴桃总是有正当的理由，这头猪生病，那头猪下崽，诸如此类的重要事情总是有的，工作总是忙的，一拖再拖，"一直没个合适的机会"。

是李兴桃不想家吗？人是故乡亲，月是故乡明。李兴桃做梦都在思念生他养他的故乡啊！那里有他从小相依为命的哥哥姐姐，有勤劳、朴实、和蔼可亲的乡亲们，有他童年上山砍柴的弯弯小路，有随风摇曳的楠竹、青翠欲滴的小松林和清香四溢的山茶花……这一切连同他儿时的记忆常常走进他的睡梦里，他怎能不想念可爱的家乡呢？哥哥姐姐来信说，家里人想他，探家的同乡们带回来口信，说乡亲们盼他回去看看，他自己也真想带着帽徽领章给养育自己的摇篮敬个军礼。再说，二十六岁了，半大不小的年纪，也该找个对象了，可是没办法，工作实在忙。

忙，这是真的，自从他当上饲养员以后，谁见过他歇过一个囫囵的星期天？谁见过他找过老乡？谁见过他下棋、甩过老K、吹过牛？没有！连队的猪圈设在六十多度的高坡上，一年四季，喂猪，冲圈，每天要用三十多担水，夏天每天要用六、七十担，有时停电，小李就用绳子从井里提水，每逢冬天，他那粗糙的双手都裂满口子，渗出鲜血。六年来，李兴桃就这样一声不响地挑着两只大桶趴着高坡，他究竟爬了多少坡，挑了多少水，流了多少汗，大家无法说得清楚。但是，同志们心里都有个谱：小李喂猪的五年多来，连队节假日从来不用买肉，至少每月宰一头猪。在六连当兵也是一种小小的幸运，训练施工累了，运动锻炼乏了，只要有胃口，肉菜管饱吃，生活好了，各项工作也上去了。这些年来，六连一直是这个部队的先进典型，当然，把功劳完全归于李兴桃，显然不对，但

也不能否认，李兴桃确确实实起过重要作用，大家经常说，伙食好了，能顶半个指导员哩！

在人们的印象中，也许李兴桃是个能吃苦却不好好学习的大老粗，这个冤枉他了，他的吃苦精神同样表现在啃书本上，他自费买来十八种养猪方面的书，一有空余时间，就像钉子一样钻了进去。连队要多养猪，常常苦于缺少猪仔，这个问题同样没有难倒李兴桃，他根据书上的介绍一头母猪实行双种猪交配，这个办法灵不灵呢？

一个春寒料峭的夜晚，小李精心照顾的那头母猪就要生崽了，小李独自在猪圈里守了大半夜，突然，他那熬红的双眼亮了起来，小生命降世了，一只、两只……啊，一共十九只！又惊又喜的李兴桃赶紧拨旺炉火，他用消过毒的干布把猪仔一个个地揩干，小心翼翼地放在筐子松软的干草里，又给母猪端来早就熬好的小米汤，当母猪喝完安然入睡后，他就把小猪仔一筐筐端进自己温暖的宿舍。

望着这些刚刚降生的小玩意，李兴桃高兴之余又犯了愁：一头母猪只有十四个奶头，十九只猪仔怎么吃奶呢？由于猪仔数量多，最小的一头只有半斤重，这么小的"玩意儿"何时才能喂大呢？

失眠的痛苦又开始折磨小李了。终于，他想出一个"特别护理"的办法：奶头不够，先尽小猪仔吃，挑出几头大的自己喂。猪圈里升起温暖的炉火，李兴桃把装猪仔的筐子放在火炉旁，他把用自己的津贴买来的奶粉化开，和米汤、豆汁掺在一起，装进奶瓶，然后把小猪仔像抱孩子一样地抱在怀里，用奶瓶一口一口地喂，喂饱一头再喂一头，每天喂上五、六次，到小猪应该断奶的时候，全部猪仔哥哥滚瓜溜圆，欢蹦乱跳，实在招人喜欢。

那头只有半斤重的小猪仔怎么样了呢？六连的同志都知道这件事：一次，驻地的老乡来买猪仔，有位战士开玩笑地指着那头小猪仔说："五毛钱卖给你。"买猪的老乡笑着说："不要说五毛钱，就是白送给我我也不敢要，那么小的猪仔养不活！"可是谁能相信，就是这头半斤重的小猪仔，李兴桃硬是把它喂成四百斤重的大肥猪！

"兴桃，你也该歇一会。"小李的两个老乡的家属来队，他们来请李兴桃去吃顿饭，聊聊天，换换空气。盛情难却，李兴桃答应了。约定好时间，老乡们回去做饭炒菜，忙得不亦乐乎。饭做好了，菜端到桌子上了，左等右等，就是不见李兴桃这位"稀客"的影子，老乡着急了，跑到猪圈一看，嗬！李兴桃身上连泥带水，正在猪圈里打扫卫生。

"兴桃，怎么搞的，等你半天都不来？"

李兴桃莫名其妙地直起身来，不解地眨着眼睛："找俺啥子事？"

老乡请客的事，他竟然忘了。你看看，这个人！

是啊，人无完人。李兴桃还有一条说来蛮可笑的缺点：这个养猪能手见不得杀猪的场面。每次杀猪前，他带人来到猪圈，默默地看上一会儿，终于狠下心来："就杀这一头吧！"说完便匆匆走开，就连他自己都感到好笑："养猪本来就是杀肉吃的，哪能光养不杀

呢？"他看到大家美美地吃猪肉，心里美滋滋得，可不知为什么，一想到要杀他的猪，心里就怪难受的。

李兴桃啊，你果真是喂猪喂出了感情！

四

一个晚霞迷人的黄昏，李兴桃兴致勃勃地从军里开会回来，和往常一样，头一件事就是去看看他的宝贝猪，不然心里就不踏实。

不好！猪病了！一共十五头病猪一动不动地躺在那里。

小李伤心极了，看着看着，他竟然像个孩子一样哭起来。天黑了，又下起了小雨，怎么办？小李根据情况初步判断是食物中毒，他匆匆忙忙向领导请了假，转身就消失在夜的风雨之中，等他深一脚浅一脚地从驻地兽医院赶回来，已经是深夜了。他顾不上休息，马上给病猪喂药打针。一连几天几夜，他吃不下饭睡不好觉，一直守在猪圈观察、治疗，战友们劝他去休息，干部来换他去睡觉，他都没有离开猪圈，实在困极了，就在猪圈里打个盹。

精心的医疗和护理终于使十五头病猪全部脱险，可我们的李兴桃却病了，持续的高烧使他昏昏沉沉，四肢无力。

正在这时，一头初次怀孕的母猪又要生崽，他非要去护理不行。

班长告诉他："连里已安排了人，你就安心休息吧。"

小李摇了摇头："那不行，我不放心。"

卫生员小徐急了："兴桃，你还要不要身体？"

小李也急了："你不知道，这头母猪是初胎，弄不好会难产，出了事你负责？"

最后大家还是拗不过李兴桃，让他去了。谁知，当他把接生工作料理完毕以后，刚一站起身来，就晕倒了。

李兴桃被送进了卫生队。

对于这个闲不住的人来说，在病床上躺着无异于一种最严厉的惩罚。他多想回连队去，听听肉球儿一般的小猪崽那甜甜的吱吱声，看那小象似的大肥佬引人发笑的"富态"相。可是，他病了，需要安静地休息，医生护士们的脸上那一副职业性的毫无变化的"恒温"表情告诉他：老老实实地躺着！

连长看他来了，他焦急地询问连队的猪怎么样了，没敢说想溜回去，怕连长"熊人"。

指导员来了，兴桃像位老婆婆一样，一条一条地说起喂猪要注意的事项，要指导员临时接替他的饲养员，他还是没敢说想出院，怕指导员"唠叨"。

好，救星到了——卫生员小徐来到病房，李兴桃缠住了他，求他向军医通融通融，走走后门，提前出院。

卫生员摇摇头："根据病情，根本没希望，我也不替你走这个'后门'。"

无奈，李兴桃只好降低了要求："小徐，咱们是好朋友，求求你，用自行车带我悄悄回去一趟，马上就回来，要不，我躺不住了！"

那还了得！身为卫生员，违反规定，在军医的眼皮底下帮助病号"开小差"，那是要刮鼻子的。但看到李兴桃那哀求的神情，深深了解李兴桃的卫生员被感动了，他斗着胆子选择了一个有利时机，用自行车带上李兴桃，偷偷地溜回了连队。

果然，卫生员发现李兴桃一回到养猪场，病情好像减了几分，他兴致勃勃地带着临时替他喂猪的战士，像一个另有使命的指挥官移交阵地一样，从猪圈的这头走到那头：这两只肥猪该多喂精料催膘，那群小猪断乳了，这头母猪怀孕了，应该特别细心护理……

卫生员小徐半开玩笑地说："兴桃啊，我看你真是爱猪胜过爱自己。"

"因为这些猪不是我自己的。"李兴桃自言自语地说。

旁边一位战士接上去："兴桃，像你这样的养猪能手退伍回家，不出三年，就能发家致富，你这样一年到头辛辛苦苦地干，到底图个啥？"

图个啥？一句话激起了小李的万千思绪。在他刚当饲养员的时候，有人讥讽他"猪官"；因为养猪，他失去的爱情至今还没有找到归宿；当他取得成绩，组织上给他一定的荣誉时，甚至有人说："荣誉？荣誉值几个钱一斤？"

这一切使李兴桃深感痛心，倒不是因为他自己受到不公正的待遇，而是社会风气受到如此严重的败坏，人们的心灵受到如此严重的污染，而我们一些同志不但不去纠正，反而随波逐流，甚至推波助澜，难道高尚的思想真的过时了吗？

不！这种种社会沉疴一定能革除！李兴桃深信这一点，当然，这需要大家一齐努力，那么，就从我做起吧！眼下，就是要干好这项一些人不愿干的"下贱"工作，用自己的实际行动去影响社会风气，净化人们的心灵，为社会风气的根本好转做一点贡献！若问我图个啥，我就图这些！

这，就是八十年代的一个饲养员的崇高思想境界！

春华秋实，李兴桃含辛茹苦六年整，共为连队产猪肉二万五千多斤，还支援兄弟连队猪仔五十多头。他在平凡的岗位上赢得了让人们羡慕的荣誉：三次受嘉奖，三次荣立三等功，多次被评为优秀团员，优秀党员，学雷锋积极分子，北京军区授予他"雷锋式的战士"称号，今年初又荣立二等功，受到军区的通令嘉奖。

五

奔驰的火车载着一颗似箭的归心穿过巴山蜀水。这是一九八二年万木葱茏的七月，李兴桃坐在洁净的车厢里，隔窗远眺，心潮难平！故乡啊故乡，你的儿子回来了！岁月匆匆，一别六载，多少魂牵梦绕的思乡情！消融吧，无数个思乡的梦！

不久前，小李到县城拉酒糟不慎摔伤，造成腿骨折，经住院治疗，批准提前出院，在连队全休。他想：领导多次催我探家，这个机会倒不错，回来后伤也养好了，正好参加工作，要不，伤好了再探家，又要耽误工作的，他终于找到了这样一个"合适"的探

家机会。

"兴桃回来啦！"消息像一阵风吹遍整个山庄，全村男女老少争相看望，李兴桃住的小屋里人来人往，热闹非凡，父老乡亲们问寒问暖，小李忙于递糖敬烟，应接不暇。

家乡变啦，家乡的山水和家乡的人们似乎变得更有朝气。三中全会以后，党的政策好，社员的脸上绽开了笑颜，李兴桃站在院内那棵粗大的皂角树下，抚今追昔，感慨良多！他想，我该为家乡做些什么呢？

"饭不愁，穿不愁，就愁没玩头。"兴桃儿时伙伴——现在大都成了父亲的小伙子们抱着娃娃来找李兴桃聊天："咱们偏僻地方，文化生活太差，吃饱了喝足了，就是闷得慌，经常看不到电影。"可不，李兴桃说了几部电影的名字，他们一个劲儿摇头。于是，李兴桃马上和上级的电影队联系，自己出钱包了一场电影。

一场普通的电影，就像地下挖出了珍奇的宝贝，这个地处三县交界的小山村一下子显得拥挤了，入夜，无数火把的长龙在山村的小路上游动，男女老少，兴致勃勃地跋涉几里甚至几十里向这里涌来，没有座位，人们站着看，短短两部电影使这个小小的山村过了个隆重的节日。

山乡交通不便，社员们多么盼望能有一条通往集镇的公路，正在大家自筹资金开工动土的时候，李兴桃捐出了二十元……

附近有个村子遭受水灾，小李又给公社送去了二十元现金。

村里有位年逾古稀无儿无女的五保户陈大娘，小李入伍前就经常帮她砍柴担水，这次他像看望多年不见的老母亲一样来到大娘家，当他知道大娘生活仍然困难后，小李又掏出了为数不多的余款，陈大娘颤抖着双手，感激得说不出一句话，唯有热泪直淌……

李兴桃几年来节余的津贴费就要花完了，但是指导员交给他的任务——找对象的事还没有个着落。

嫂子急了："你呀，越来越傻了，天天瞎忙活，钱都花光了，自己的事也不抓紧，你原来的那个'对象'早就出嫁了。现在你还喂猪，家里连一间房子都没有，我看哪个傻瓜能跟你住露水地？"

是啊，嫂子说得很现实，李兴桃确实不具备现在姑娘们追求的任何一种"时髦"：身高不足一米六五，又黑又瘦，言谈举止，还是个山村小伙子；论工作，不过是"两个兜"的饲养员，复员后照样当农民，甚至连一间房子都没有。

然而，嫂子估计错了，李兴桃有人爱，而且她不是个傻姑娘，而是一个聪明、俊秀、充满青春活力的好姑娘！她叫林秀英，今年二十岁，健美的身材，漂亮的脸庞，朴实文静的性格，初中文化程度，无论怎么看，都是农家姑娘的佼佼者。她并不知道小李在部队做出的贡献和取得的荣誉，只听说他在部队喂了六年猪，原来的对象吹了，至今还是孤身一人。但是，小李回家后的行动深深地感动了她，从他的一言一行中，小林看到了那颗金子般明亮的心，同情和崇敬一起涌进她刚刚开始萌动的心，她终于鼓足了勇气托人向李兴桃吐露了真诚的心意。

爱神终于降临了。可是，小林的父母顾虑重重，母亲劝女儿

说："兴桃是个好孩子，可他家要啥没啥的，鸟儿天黑还有个窝呢，你跟着他往哪里住？这不是自讨苦吃吗？"

"我就是看他人好，受苦也情愿。"

"我看你还是再好好想想。"

"还想个啥子哟？早就想好了！"

"你要是不听说，我们可不管你，嫁妆也没有你的！"

"你们不管，我们靠自己！"

就这样，林秀英顶住家庭的压力，冲破世俗的包围，对自己的终身大事做了勇敢地严肃地抉择！

"李兴桃和林秀英要结婚了！"乡亲们奔走相告，消息像长了翅膀，很快传遍了整个山村，人们为他们的结合从心底感到高兴：

"兴桃有福气，找了个好媳妇。"

"还是秀英有眼力，挑了个好丈夫。"

秀英的父母听着乡亲们得赞扬，紧皱的眉头展开了，原来的顾虑也慢慢打消了。

厚重的彩礼、丰盛的宴席、送行的锣鼓、迎亲的鞭炮，那些他们都没有。在一间临时借来的房子里，简单而又热闹的婚礼开始了。公社领导亲朋好友欢聚一堂，大家吃着喜糖，喝着清茶，兴高采烈地为他们崇高的爱情而祝贺。一位公社领导对前来参加婚礼的小伙子们说："年轻人，好好干吧，一个青年只要有理想，爱祖国、爱人民、爱自己的事业，就一定会有人爱！"一席话说得小青年们合不拢嘴，人们笑着、唱着……

歌声，笑声，幸福的时刻，幸福的人……

燕尔新婚，其乐融融，蜜月的日子像淳美的酒一样醉人，而我们的李兴桃并没有在爱的幸福中陶醉，就在他们新婚的第五天，他就踏上了归队的征途，他想念自己的连队，更惦记自己的养猪场。

原载《文明之师》1985 解放军文艺出版社

一连之长

一

阳春三月，一个普通的黄昏。紧张了一天的军营轻松下来，吃过晚饭的战士们，有的在洗衣服，有的在写家信，有的在进行只有男性的"约会"。机炮连连长支仲初领几个战士在清理猪圈，他的双脚沾满泥水，额头上冒着汗珠。

突然，五班长神色慌张地跑过来，把连长拉到一边，递给他一张纸条："连长，你看看这名单——有人要行凶！"

支仲初看完纸条，心里一紧：又是他！

支仲初放下手中的铁锹，翻过猪圈，快步向操场走去，五班长

紧紧地跟在后面。

机炮连是个刚刚"凑起来"的连队，全连七十多人来自七个单位，调进的五十多名战士中，有受过处分的，有病病歪歪的；有留小胡子、蓄长发的；有架着蛤蟆镜，穿着花衬衣的；还有不时哼两句流行歌曲，一听见音乐就不由自主地扭几下屁股的……更不可思议的是，居然有几位"干部苗子"！所谓"干部苗子"，其实是原单位剃不了的"疙瘩头"，为了把这些包袱顺利甩出来，他们的领导竟声称这是让他们到新单位来锻炼锻炼准备提拔的，他们在观望，想看看新单位领导对自己到底如何，有的则等待着穿"四个兜"，如果一旦他们明白过来真相，又会怎样呢？

支仲初呵支仲初，作为一连之长，你可要小心，弄不好，够你喝一壶的！

要行凶的这位是谁？此人姓张名玉海，五班的一个战士，有名的打架大王。参军前就是村里的"人人嫌""人人怕"，入伍后旧习难改，在原单位因为打架受过处分，来后没几天又犯了老毛病。和谁两句话不投机就恶语相伤，看哪个不顺眼就拔拳动武。他争强好胜，自以为了不得，脾气暴燥，个头大，力气足，喇叭嗓子一喊全连都能听到，常常为一点小事闹得整个连队不得安宁。班长找他谈话，他脑袋一歪，不予理睬；排长给他讲道理，他眼睛一瞪：你少来这一套……

操场上围了一大圈人，有的在拍手叫好，有的在呐喊助威，张玉海正在摆"擂台"摔跤，他威风凛凛地双手叉腰："哪个还敢上

来试试？"

"连长来了。"有人说。

张玉海满不在乎地瞧了支仲初一眼："连长，敢不敢摔一跤？"

"好！"支仲初应战了。

两条壮汉扭在一起，翻来覆去几个回合之后，只听"通"的一声，支仲初被重重地扔到地上，仰面朝天。

一片唏嘘声。人们面面相觑。

"小张，你还真有两下子。今后我跟你学摔跤，今晚咱就住一块，怎么样？"支仲初一边拍打着身上的土，一边喘着气对张玉海说。

张玉海得意地笑了，大庭广众下，他的好胜心在连长身上得到了巨大的满足。

但是，当支仲初真的把背包搬到了五班，靠着张玉海的床边的时候，他起了戒心：

"连长，你最好离我远点儿，我身上有虱子！"

"这么大的汉子害怕虱子？有你，老虎也不怕。"

"连长，你就甭在我身上浪费时间了，干脆再给我个处分，正好凑个双儿！"

"不要胡乱猜疑，连里并没有打算给你处分。"

"骗人！"

"我骗过你？"

"……反正，你们看着办！我张玉海豁出去了，一不做，二不休……"

"张玉海，你不用拿这个来唬人，我就不相信你年纪轻轻就想朝绝路上走。你以为组织上怕你？你张玉海就只有当个捣蛋兵的能耐？你忘了入伍时父母亲友是怎么对你说的？"支仲初生气地倒头便睡，双眼却悄悄地观察张玉海的神色。

张玉海沉默了。他怎么能忘记呢？那送行的锣鼓，父母的嘱咐，同学们羡慕的赞叹，姑娘期待的眼光……一切一切如在眼前，难道我真的就这么混几年，将来低着头回去不成？

他翻来覆去，烙了半夜"饼"，实在睡不着，干脆搬个小马扎，坐到院里抽了半宿烟。

早操回来，支仲初跟往常一样，背起药箱到各班巡查——连队缺卫生员，他自学成才兼起了这项工作——他掀开张玉海的被角一摸，小张在发烧。

张玉海醒来的时候，连长正端着一碗热腾腾的面条到床边："小张，来，先吃饭。"

张玉海支起身子，接过碗喝了一口。

支仲初在床边坐下："怎么样？……"

"啪！"碗被摔在地上，面条溅了一地。张玉海呼地扯过被子蒙上了头。

"你——怎么啦？"

"咸！"

支仲初重新来到炊事班。他卷起袖子，亲自和面、擀面条、切

葱、打鸡蛋，小心适度地放盐，唯恐自己口重，又让别人尝了几口，直到大家多说味道正好，才又把面条端到张玉海的床前。

"来，吃饭。这回呀，我包你满意。"连长的声音轻轻的，甜甜的。

张玉海哭了，一向要强的莽大汉，不愿被人看到自己的眼泪，三口两口把面条吞下去，又蒙上被子。他的肩头在颤动。

支仲初轻轻地为他掖好被角，轻言细语地说："小张，你们排长要去天津出差，连里安排他顺路到你家去看看，你有什么事情要办，有什么话要对家里人讲，赶紧写封信。还有，你们班长要探家，等你病好了，好好参加班里的工作。你是个老兵了，负责一下班里的工作我相信你知道自己该怎么做。"

支仲初说完就往外走，张玉海却突然爬起来一把拽住他。

"连长，我对不起你！我当众给你难看，你不计较，我故意泼了病号饭，你又重新做，我……说实话，既然出来当兵，谁不愿干好，哪个不想进步？一来到这个连队，我就下决心要干出个样子来，我还写了……"

一张快要磨破了的皱巴巴的纸递到支仲初手里，原来是份入党申请书！"……可我管不住自己，总犯老毛病，我恨自己呀……我知道自己是背着处分来的。大家对我印象不会好，前两天打人后，我就觉得这下子更完了，就把自己觉得和我过不去的人列了个名单，准备一一报复。……连长，要不是你，我，我……"

支仲初的心被强烈撼动了。他抚摸着那张破旧的纸陷入沉思：

一边是入党申请书，一边是行凶名单，这个严酷的事实，说明了什么？

张玉海变了。他没有辜负连长的期望，没有违背自己的诺言。当然，他的暴烈脾气也还犯过几次，但支仲初总是采取各种办法，耐心开导和及时帮助。他用了半年时间，终于驯服了这匹桀骜不驯的"烈马"。

后来，张玉海退伍回到天津郊区，给连长来过好多信。在一封信中他这样说：

"连长，我一辈子也忘不了我退伍离开连队的那个夜晚。我的被子已托运走了，为了让我休息好，你把自己的床铺让给我。怕我耽误了夜里两点多钟的火车，你和指导员轮流坐班等着为我叫点……在那个小火车站，当我隔着车窗看到你和同志们站在寒冷的夜风之中时，当我和战友们挥手告别时，泪水模糊了我的视线……"

"乡亲们说我变好了，再也不是从前的张玉海了，最近还选我当了生产队长。我永远也不会忘记你，我的连长，我永远也忘不了部队给我的教育和帮助。要不是你们，我也许早就进了监狱……"

二

支仲初一身灰尘满脸汗水回到宿舍。它把腰带挂在墙上，疲惫地在椅子上坐了下来，伸手摸出一支烟衔在嘴上点着，狠狠地吸了

一口。他的烟瘾很大，虽然，各种戒烟宣传和拮据的经济状况曾使他不止一次地下定决心不再抽这种有害无益的玩意儿，但最后反而越抽越凶了。

没抽几口，手中的劣质烟卷就开了花，他正准备把烟熄灭，突然发现桌上有张小纸条。

连长：对不起，我回家了。

支仲初不由一怔，丢了烟夺门而出，找前找后，果然不见那位三排战士小刘。他叫了三排长，两人骑上自行车直奔二十里外的火车站。

车轮在飞，支仲初的思绪也在飞。

小刘是个城市兵，家庭条件比较优越，平常有些怕苦怕累，还时常发牢骚。他对社会上流行的"时髦病"有着颇高的积极性，头发长得可以梳小辫，不知从哪里弄来件花衬衣穿在身上，还不时揭开军装的扣子显示一下，是全连有名的稀拉兵。可他聪明，好胜心强，接受能力强，凡事不服输，他的数理化是全连拔尖的。

"现在这新兵可真绝！"三排长愤愤地声音打断了支仲初的思绪："人跑了，还留张条，说声'对不起'哩？"

支仲初没有说话，车蹬得更快。当他们气喘吁吁地跑到站台上的时候，列车已开动，他们眼睁睁地看着火车驶出站，渐渐远去。

连里出了逃兵，这在支仲初当兵的历史上还没有见过，他痛苦地愣在那里。三排长急得手足无措："连长，这回捅了大娄子啦，赶紧向团里报告，派人去把他……"

有人叫他们，声音熟悉而又陌生，两人一回头，顿时惊喜地瞪大眼睛："逃兵"穿了一套崭新的军装，低着头，脚轻轻地蹭着水泥地。

三排长一把抓住小刘的胳膊，仿佛怕他飞了似的："你，搞什么名堂？"

小刘瞅了连长一眼，嗫嚅着："本来，我要回家，可火车一来，又怕……回去，怎么……和爸爸妈妈讲呢？"

"没走就好，走，咱们回连队，"支仲初拉着小刘走出车站："坐在我的车子后面！"

……

支委会上，大家议论得很热闹，有人主张干脆打个报告，让小刘提前退伍了事，支仲初和指导员都不同意，出了这种事，说明我们的工作没做好，再说，把一个不合格的战士推出去也是一种失职。

几天后的上午，全连进行数学考试，小刘很快交了卷，然后饶有兴致地跑到营房门口赏起春景来。他的班长找到他，批评他不认真答卷，小刘理也不理，只用鼻子哼了一声，歪着脖子走了。

考试结果，小刘满分，全连第一名。

"小刘，你的数学考得不错。"支仲初说。

"这种扫盲题还来考我？开玩笑！"小刘得意非凡："连长，不是跟你吹，要说这玩意儿，咱机炮连没有我的对手！"

"要是有人敢和你比赛一下呢？"

"谁？"

"我。"

"你？"小刘从头到尾打量了支仲初一眼，他以为眼前这位黑乎乎的连长只不过是不识几个数的一介武夫，他一定是神经出了毛病："输了怎么办呢？"

"输了就算你厉害，可你要输了呢？"

"那我就服你这个连长！"

"一言为定！"

"一言为定！"

比赛开始了。两个人的脸上都渗出了汗珠，看来，小刘请来的那个老乡出的考题还真够难的。一直到交卷时间，他俩才不得已抬起头来。

考卷当众批改。小刘得了 58 分。

"这题太难，"他想："连长能闹上 10 分就算不错了。"

一会儿，连长的卷子批完了，一看卷首，小刘傻了：98 分！

他被这不起眼的黑脸连长给镇住了，连长那缜密精确的推导演算使他叹服不已，小刘哪里知道，支仲初曾是"文革"前县中学的数学尖子，学生会的学习部长哩！

从此，小刘成了连长的常客。他们在训练间隙，在深夜的灯光下交流着知识，也交流着感情。一个星期日的晚点名后，支仲初当众宣布：小刘担任连队炮手训练小教员。

部队解散后，小刘找到支仲初："连长，你让我管别人，放心

吗？"

"不放心？我还能让你去管？"

支仲初没想到，这短短的一句话，使小刘产生了一种被理解、被信任的幸福感，他激动地说："在家时，家里人都把我当成宝贝，没想到入伍后却老是挨批评，好像就属我差劲。我想不干了，又怕回家不好交代。现在，既然领导信任我，我一定干出个名堂来！"

他没有食言。年终考核，全连的炮手训练成绩全优，这当然有小刘的一份功劳，领导的表扬使他的胸脯挺得更高了。可谁知道，因为作风稀拉，他没少挨连长的剋，甚至还在全连军人大会上做过检讨。年底小刘加入了共青团，还受了奖。

三

参军十几年的支仲初第一次请客——他的妻子袁丽君带着不满周岁的孩子第一次来部队探亲。按照不成文的惯例，请连队干部们在一起聚一聚。

首次请客，支仲初很想让大家多喝几杯，但他对酒场上这一套"应酬学"一窍不通，三杯烧酒进肚，有人开始要赖，他劝酒无方，只能"命令"别人喝，可此时此刻，他平日的权威却不灵了，任他板着黑脸，别人照样要赖，无奈，只好请出正在做菜的妻子。

这位年轻俊美的农家姑娘与支仲初自幼青梅竹马，一个村里长大。她身材修长，眉目清秀，活泼开朗，落落大方，更有一副好

海州湾的阳光

心肠。结婚后，她默默地承担着家庭生活的重担：老人、孩子、家务、责任田……可在给丈夫的信中从来不提这些。他知道丈夫爱抽烟，每月剩不了几个钱，她就悄悄地把自己积攒下来的钱交给公婆，说是支仲初给老人寄来的。

小袁一来，酒桌上的气氛顿时活跃起来。

"菜做得不好。请大家多喝几杯酒。"她笑盈盈地说。

"酒美菜香！"指导员带头起哄："不过，你得跟大家一起喝。"

大家一致赞同，两个小伙子把酒杯端到小袁面前。

"不行不行！我真的不会喝酒。"

"不喝也可以，唱歌！"有人出来圆场："你唱一段，指导员喝一杯，怎么样？"

"好！"人们欢呼着。

"那我就开始唱啦！"她清了清喉咙："指导员，你呢？"

"你唱我就喝！"指导员根本不把几杯酒放在眼里："好，开始！"

委婉清纯的越剧在屋子里飘荡开来，一支《浣纱女》，一支《夜探潇湘》……小袁唱了一支又一支，字正腔圆，地道的越剧味。她每唱一支，大家就喝一阵采，指导员就要喝一杯酒，渐渐地，指导员招架不住了。他哪里知道，小袁的家乡——浙江嵊县是有名的越剧之乡，那里不仅山清水秀，且地灵人杰，是袁雪芬、傅全香、王文娟、徐玉兰等我国著名越剧十姐妹的故乡，在嵊县长大的姑娘哪个不会唱几段越剧呢？

菜香，酒美，歌声甜，人们酒足饭饱，却不见了支仲初。

"他会到哪里去呢？"久等不来，小袁急了。

与他朝夕相处的指导员心里有数，对小袁说："不用急，他肯定到班排去了。"

人们纷纷告辞，小袁一直等到晚上11点钟，支仲初才查哨归来，他一上床，就"呼噜"开了，小袁又心疼得难受，又委屈得想哭。她来部队二十多天了，丈夫每天从起床号一响一直忙到晚上十点多，只按时回来吃三餐，饭碗一搁就走了。而她自己和在家里一样，做饭、洗衣、带孩子，还要侍候丈夫，自从来部队后，她连营房大门都没有出去过，她多想让丈夫陪着去一趟县城啊！

终于，小袁狠了狠心，轻轻摇醒丈夫，恳求地说："我该回家了，还没有去玩过一次，明天是星期天，你陪我去县城看看吧，顺便给孩子买件衣服，好吗？"

支仲初睡意蒙眬，"嗯"了一声。他哪里想到，这个小小的许诺竟使妻子许久睡不着。她幻想着明天走在丈夫身边，穿行在繁华的街头，一起选购漂亮的衣物，一起逛公园，人们投来羡慕的目光……

第二天一大早，支仲初交代好工作，抱起孩子，带着妻子出了营门，沿着水渠堤埂朝县城走去。

走着，支仲初站住了："不行，我不去了。"

小袁以为他在开玩笑："快走吧，没正经！"

"不！今天二排加班翻修营房，我得回去看看。"他一点开玩笑的意思也没有。

"真的，你自己去吧。路不太远，来回顶多四十里路，顺着水渠一直走，不用拐弯。"

"好好好，你回你的连队，我自己去，不用你管！"她气呼呼地接过孩子，头也不回地走了。

支仲初愣在那里，迟疑了好久。

直到傍晚，她才抱着孩子一瘸一拐地回到营房，脚也磨破了。

她一肚子的怨气终于爆发了，老实人发起火来可不得了，她一条一条地列举他的"罪状"，越说越气："结婚这么多年，你什么候管过家？我来了二十多天，你就像住了二十多天的旅馆！跟着你过日子还有什么意思？好，你跟连队过吧，我走！"

她边说，边哭，边收拾行李，谁也拉不住，第二天，硬是抱着孩子回了老家。

支仲初后悔极了。晚上，他左思右想，辗转难眠。结婚这几年，自己给了她什么呢？她和所有的姑娘一样，带着美好的希冀寻找幸福，但，得到的却是分离、等待和操劳，就连一年一次的短短相会，也没有使她得到一点安慰……

支仲初披衣下床，展开信笺，他要给妻子写一封信，写一封在他们的通信史上最长的信。

"……是的，我对不起你，你是一个温厚善良通情达理的贤妻，我相信你会理解我，原谅我。作为我们这个小家的当家人，我相信你能够理解我这个连队当家人的快乐、忧虑和苦衷……"

......

一弯银月挂在天边，夜很深了。哦，愤然而去的妻子哟，你能
理解丈夫吗？

四

连队会议室里灯火通明，欢送三排调往新单位的茶话会正在举
行。战士们有的抽烟，有的嗑瓜子，各班派代表依次发言，倾诉战
友的别离之情。

"现在自由发言，请大家随便些。"支仲初最先站起来说："希
望要走的同志们把连队工作的建议，把对连队领导尤其是我本人的
意见留下来。我这个人脾气不好，爱训人，请同志们多批评。"

"我说几句"，一个老战士沉默之后发言了："我提醒连长一句，
以后工作要干，也要注意身体。"

若在平时，这几句答非所问的话说不定会引起一阵大笑，但此
时，大家的神色都异常严肃。是呵，谁能忘记那一桩桩往事呢……

……早春，连队在农场平地育苗，稻田里结着薄冰，光脚踩
下去，寒冷刺骨。第一个人用脚挨了一下水面，抽一口冷气缩了回
来，又下去一个，几分钟之后也受不住了。连长二话没说，卷起裤
筒下了水，一气干到吃午饭才最后一个走出稻田。他本来就有关节
炎哪！每天晚上，连长都要到连队三个住点查看，转一圈就是十几
里路。

……有人病了，连长亲自熬药，有人退伍，人还没走，连长就替他想好了回去发家致富的办法。有人就是按照他的"锦囊妙计"回家后办代销点、养鸡场成了万元户的……

茶话会继续进行，大家发言踊跃，对支仲初的"意见"一条条摆出来。他曾帮助炊事班长和即将"吹灯"的未婚妻重归于好；小陈的兄嫂来队，他把自己的床位让出来；……"意见"也越来越多。

支仲初坐不住了，他站起来诚恳地说："其实，我有不少毛病，你们不说我心里也清楚。那次小吉训练时不太严肃，我不该罚他匍匐前进二十五米，还有那回三个副班长操炮训练动作不一致，我一急，让他们背着炮具围着操场跑步，那么热的天，当着那么多的人……"他走过去，握着他几个人的手："我对不起你们……以后不要忘记咱们机炮连，有时间，回来看看……"他说不下去了，两颗眼泪滚了下来。

小吉哭了，要调走的战士们哭了。大家都哭了。

"来，大家唱个歌！机炮连的兵不能抹着眼泪出去，我来指挥！"支仲初用手背擦下了下眼睛。

"战友战友亲如兄弟……预备——唱！"支仲初用力挥动双臂，大家一起高唱起来，歌声回荡在营房的夜空，久久不息。

原载《战友文艺》1985 年 1 月

让人间更美丽

上有天堂，下有苏杭。

从很小的时候起，我便做着漫游人间天堂的梦。史无前例的风曾把我吹到杭州，诗画一般的西湖美景使我如醉如痴，更促使我决心去苏州一游，可是，没等我去实现另一半梦境，命运之风就把我吹向风沙弥漫的秦晋高原。在那里，一住就是十几年。在那十几年棕黄色的生活中，漫游苏州，成了我无数次的梦幻。虽然后来曾多次乘车路过魂牵梦绕的苏州，但遗憾得很，终因种种原因未能下车，直到不久前，我对苏州的全部想象也只是：京杭大运河流贯其境，太湖水浸润其畴；古木参天的虎丘；中国四大名园之一的拙政园；"夜半钟声到客船"的寒山寺；吴王夫差与西施行乐的灵岩山；当今城里有位大作家，名叫陆文夫，还有他笔下的小巷、美食；还

听说，苏州方言是地道的吴侬软语，就连吵架骂人也如唱歌一般动听……

今春终于有幸到苏州，只一天，我便被苏州美景所陶醉：精巧的古典园林随处可见，园内池水如镜，草木生香；小桥流水遍布城中，鳞次栉比的房屋沿河而筑，前门临街，后门临河，水巷中舟楫穿梭，"朱门白璧枕湾流，家家门前泊小舟"，真是一座"东方的威尼斯"。

然而，令人不快的是：这座美丽古城的河水正遭受着严重的污染，河水污浊，水面上时而漂浮着脏物，时而泛起泡沫，运河水尤为严重，大自然赋予的美、劳动人民几千年创造的美正遭受严重的破坏！

有关资料告诉我，污染源除居民的生活垃圾外，主要是工业废水，而在所有工业废水中，染丝厂的废水污染属于最严重的一种，带着深深的疑虑，我走访了全省独一无二的染丝厂——苏州染丝厂。

一

我正闭目养神，小轿车戛然而止，睁眼一看，车子停在一座宾馆门前，门前盛开着君子兰，石蜡红，石竹花等，底楼的落地大窗里挂着洁白素雅的勾花窗帘。我正愣神，接待我采访的厂秘书科张科长说："到我们厂了，请下车吧。"

我走下车来。无论如何，眼前的情景也与我关于工厂的概念联系不起来。放眼望去：墙边是一排法冬树，这些高达数米的法冬树组成一面天然的围墙，树墙下，是座造型优美的假山，假山上盛开着各种花卉，与这面树墙平行，是一行嫩绿的米东，法冬和米东之间，山茶、瓜叶菊、绣球、海棠、月季争奇斗妍；再往远处，一株株白玉兰含苞待放，雪松龙柏亭亭玉立，广玉兰的阔叶青翠欲滴，没有浓烟，没有噪声，一幢幢厂房隐掩在绿荫之中，分明是一座舒适宾馆的氛围……

没等我仔细观赏，我便被领到二楼的厂陈列室，一进门，眼前陡然一亮，众多的石膏模特身穿乔其绒、烂花乔其绒、立亚绒时装，这些鲜艳而华贵的衣料仿佛赋予了她们以鲜活的生命，她们有的庄重、典雅，有的雍容华贵，有的则飘飘欲仙，让人赏心悦目，流连忘返。

陈列室的隔壁是厂业务洽谈室。豪华的吊灯，双层落地窗帘，猩红的红毯，迎面墙上是一幅彩色的山水照片。南北两面，米黄色的圈式沙发围成两个洽谈点，一圈转动沙发椅紧围一张椭圆形的会议桌，桌子上盛开着两盆清香的君子兰，茶几上翠绿的龟背竹正蓬蓬勃勃……

来到厂长室，厂长李祥生热情接待了我。我开门见山地问道："李厂长，你们的工厂真美，你们是怎么想起美化工厂的呢？"

沉稳的李厂长似乎没用考虑，他说："我一直有这样的一个想法：如果一个人有一个美好的工作环境，那么他的心情一定会舒

畅，一个人心情舒畅生产效率也会高，生产出来的产品质量也会好；反之，如果工作环境又乱又脏，必然会影响工人的情绪，情绪不好，怎么能不影响产品的生产呢？"

"听说国外有人做过这样的试验，把两只同样的小羊放在同样的笼子里，喂养同样的青草，只是一只笼子放在绿草如茵的草地，另一只放在又脏又乱的地方，旁边还关着一只狼。结果，放在草地的那只小羊长得又肥又壮，而另一只小羊日渐消瘦，以致忧郁而死。"

"羊尚如此，何况人呢？再说，外边的客户到我们厂来，总要给人家一个美好的印象。厂容厂貌能反映出人的精神面貌，也能反映出工厂的实力，美好的厂容厂貌能给人一种信任感，有了信任感，生意也好做。相反，一个工厂破破烂烂，窝窝囊囊，人家客户来了一看心里就不踏实，随你说得怎么好听，人家信不过。"

"我们的眼光不能只盯着鼻子下面的一点点，要放远一些，我们马上对外开放，直接和外商打交道，如果没有一个好的环境恐怕也会给工作带来影响。这一点，我早就想过，去年，我下决心又盖了这栋楼，投资六十万元，当然也有人有意见，这也难怪，你不知道我们厂原来是个什么样子。"

"说出来不怕你笑话，我刚来这个厂时，工厂里破破烂烂，被人瞧不起，厂里的领导班子人员文化低，见识也少，大部分来自农村，小农意识浓厚。当时有人提出来要建一个厕所，有位厂长就坚决不同意，理由是：建厕所？花那个钱干什么？大小便用一口大缸不就行了吗？我们农村祖祖辈辈不都是用大缸吗？没建厕所不也过来了吗？"

"你想想看，这种情况下，我花那么多钱美化环境，建造新楼能没意见吗？开大会时我对大家说：花钱美化环境，建新楼，其中重要的一条是为了吸引客户，吸引外商，发展外向型企业，取得更大的经济效益，目的还是为了发展生产。现在新楼落成，陈列室、洽谈室已经布置好，工人是工厂的主人，全体工人轮流去看看、坐坐，每人喝一杯雀巢咖啡，一人一只杯子，喝完咖啡杯子带走，还有什么意见当面提也行，投进厂长信箱也行。结果，从上到下再也无人对此有什么意见了。"

"美化环境不但要舍得财力，还要舍得人力，我在厂里设两个专职的花工，其中一个是我们要来的大学生，专学园林专业；对于废水处理，我们投入的人力财力更多，光是第一期工程就投入了一百多万元，废水处理专业毕业的大学生就有好几名。我常想：我们搞生产不能光是为了赚钱，赚钱是为了什么呢？无非是使生活过得更美好，但是，如果因工作环境的恶劣，心情不舒畅，身体不健康，整天病病歪歪的，赚的钱再多也不会幸福。"

"你可能已经知道：我们染丝厂需要大量的水。根据用户需要，染丝往往是小批量，多品种的，使用的原料药剂也是复杂的，各种染料，阴离子或非离子型表面活性剂，各种助剂等等，而使用的原料药剂多半生化分解性能差，难以用生化方法处理，所以印染废水污染大，也是各种废水中难以处理的废水之一。废水难处理也要处

海州湾的阳光

理，我们不能只顾赚钱，不顾环境污染。我们厂紧靠大运河，你看过中央电视台播出的《话说运河》了吧？现在运河水污染严重，这样会祸及子孙的，别人污染我们管不了，靠你们呼吁，我们自己再也不能干这种傻事了，为了养育我们的这条大运河，为了子孙后代的幸福，不管花多少钱，也要把废水处理好。建议你去看看废水处理吧。"

废水处理车间坐落于工厂东南角，是一个方方正正的砖墙小院。紧靠墙内是一排高高的法冬树，树下是沿墙而筑的口字形水泥路，路的两旁是两道青青的米东树矮墙，树梢上正泛着嫩绿的鹅黄。废水处理池坐落在中心，池子的四周生长着一片青绿：石槐、雪松、水杉、梅花、紫薇、石榴、琵琶花、海桐球、桂花……好一座花园别墅！废水处理池南面的玉兰树，映掩着一幢小楼，楼下是办公室，楼上是化验室，这里有一群朝气蓬勃的年轻人，他们有知识，观念新，充满着青春的活力，光是环境方面的报刊他们就订了十几种。他们争相告诉我：隔壁有一家苏州第一丝厂，他们的废水正好给我们做生化分解所需要的营养，我们把他们的废水接过来，一举两得，各得其所。他们还告诉我：他们日处理废水两千吨，达到国家规定的排放标准；厂里还决定下半年上第二期工程，第二期工程全部竣工后，废水就可以循环使用，这样不仅解决了污染问题，而且节约了日趋紧张的水源。

二

　　1981 年 7 月 29 日清晨，英国首都伦敦天气晴朗，清风习习，从白金汉宫到圣保罗教堂长达 3.2 公里这条王家车队必经的街道上，他们是花了几十至一百多英镑的高价才得到这么一席之地的。上午九时整，钟声齐鸣，应邀来伦敦观礼的外国皇室人员，政府代表、各国外交使节和英国各界人士 2500 名贵宾鱼贯进入圣保罗教堂。英国女王夫妇、查尔斯王子、戴安娜公主分别乘精致的王家马车，从白金汉宫来到圣保罗教堂——开始了查尔斯王子与戴安娜公主的结婚典礼，这是三百多年来第一位英国王储和贵族小姐结婚，也是四百多年来第一位英国王储在圣保罗教堂举行婚礼，这次被英国报刊称誉为"世纪的婚礼"花费了十亿英镑，英国的两家电视台耗资百万英镑，用 30 种语言向全世界作了现场报道，年仅 19 岁的新娘戴安娜身穿青莲色的丝绸礼服，她那美丽、典雅的身姿吸引了全世界的目光。

　　那一刻，在中国的电视机前，最感欣慰的恐怕要数苏州染丝厂和东吴丝织厂的职工了，因为他们的产品——新娘戴安娜青莲色的丝绸礼服受到了全世界的注目。婚礼之前，英国王室就专门向他们订购了一批丝绸，这种苏州染丝染色、东吴丝织厂织丝的丝绸名叫"水榭牌真丝塔夫绸"，在丝绸行业有"塔王"之称，堪称中国最好

的丝绸，连续获得国家金质奖。

这种丝绸的经线和纬线都是真丝，极薄，极轻，容不得一星疵点。从用料到染色，工艺要求都很高，灯光下不能染，只有白天染，天热工人出汗不能碰丝，连喘气都不能凑近些，因为稍有斑点，便成了次品。为了打响这一产品，厂长专门选择了工龄长、技术强、经验丰富的工人，用固定的机台，固定的挡车工，在固定的时间内染丝。经过艰苦的努力，"塔王"的美称终于响遍天下。

同时，他们生产的获国家银质奖的"钟山牌克利金玉缎"，在蒙古国、苏联以及东欧国家极受欢迎，蒙古国把它作为民族服饰，无论高阶层，还是老百姓，一年穿到头，因为那儿风沙大，身上落了灰尘，一拍一抖就掉了。

李厂长搬来他们的产品样本，不无自豪地说："我们至今已染过一千六百余种颜色了，可谓五彩缤纷了，我们染的丝绸遍布世界，人类需要用美来打扮，我们是化妆师，为整个世界染色……"

"当然，我们也有我们的苦衷，别看在外面热热闹闹，名声远扬，可是光靠染丝，我们的日子可不好过呀。你可知道，为丝织厂染色，色种多，批量小，染一批换一个颜色，要求又高，利润很低，但这是指令性计划，亏本也要做，金质奖也好，银质奖也好，我们叫它扬名产品，但是名声不能当饭吃，我们要搞'吃饭产品'，于是我们就染长毛绒人造丝，这种人造丝染的色种少，批量又大，利润很高。"

"这种丝染好后织成地毯，销往中东地区，可是后来两伊战争爆发了,毛毯的销路也不好,后来干脆没活干。"

"祸不单行,厂里又着了一把火,烧掉了几十万元的财富,也烧掉了职工的积极性,厂里连奖金都发不出,人心浮动,纪律松懈。"

"就在这个时候,上级要我来当厂长,你看够难的吧?难也得干,工厂要生存,工人要吃饭。一开始我就从整顿劳动纪律入手,严格规章制度。不久,就有人给我写匿名信,说我'治厂无方,整人有术',我想,这不是坏事,是对我的鞭策,你说我治厂无方,我就治给你看看。我一方面继续抓好染丝,一方面外出调查,搜集信息。"

"我们南下深圳,北上哈尔滨,先后调查了十五个省市,通过市场观察和向营业员请教,得知丝绒在国内外都很紧俏,特别是它的系列产品已成为当前流行的高档衣料和装饰品。为了掌握确切的动向,我们又调查了188位女青年,其中喜欢穿丝绒服装的占82%,具有购买力的占32.8%。紧接着,我们又对全国的丝绒生产和库存作了调查研究,结果,我们从上海、吉林、江苏等十一个地区的28个纺织厂和四个地区的5个印染厂获悉:丝绒产品库存极少,市场上供不应求。因此,我当机立断:利用本厂染色的优势,开发丝绒产品!"

"决心好下,困难却一大堆,没有资金,没有设备,没有技术,怎么办?我一借、二挤、三逼。借,是向乡镇企业借设备,借资金。挤,是挤场地安装设备。逼,是逼技术人员学技术。学技术是

关键，当时我就挑选了能力较强的废水处理车间负责人徐兰英同志带队，组成一个技术小组，去上海丝绒厂学技术。"

"我们的人到了上海后，一开始上海那边不怎么在意，因为来这里学习的人有过好几期，回去以后没有一家搞成的。过了一个星期，他们发现我们的人学技术既快又多，而且什么资料都搜集，问题也问得多，每个人一天要工作十几个小时。还是那句老话：同行是冤家，他们怕我们学会了要和他们争饭吃。过了几天，他们便确定对策，决定在我们学习期间只染过一个最简单的颜色——黑色，而且技术科等要害部门不让我们的人进去，师傅不教，问题也不回答。无奈，我们只好个别地和师傅建立感情，把师傅请到我们住的旅社来教，经过一个半月的苦学苦练，终于掌握了染整丝绒的技术。"

"一回来，我们就上马。产品出来以后，果然销路很好，不到半年时间，利润就由上半年的 10 万元增加到 61 万元。到了 1985 年，完成利润 128 万元，翻了一番。1986 年，利润达到 190 万元，去年的利润达到了 251 万元。现在的日子好过了，新疆、东北等各地都来向我们订货，外贸部门也来订货，生意做不完。在这种情况下，我尤其注意质量，不能因为活干不完就放松质量，搞生产信誉第一，不注意信誉迟早要垮台。"

三

"我们染的丝绒，生意不是很好吗？但是，作为一个企业家，应该和象棋大师一样，走一步要看几步。市场行情瞬息万变，今天紧俏的东西，明天就可能滞销，所以我们必须多几手。通过一段时间的调查，我发现，随着人民生活水平的提高，妇女对衣料的要求也在提高，加上现代生活的节奏加快了，妇女爱穿现成的服装，我们如果把彩绒进一步加工，制成各式各样款式新颖、做工考究的时装，不是更能增加经济效益吗？于是，我们一方面扩大丝绒生产，一面成立服装组，自己设计，制作出旗袍、蝙蝠衫、喇叭裙、连衣裙等时装，就是你在陈列室看到的那些时装。果然一炮打响，投放市场后很快销售一空，外地大商场纷纷来订货，南京金陵饭店购物中心成了我们的老客户，有一位外宾一次就买去了10件旗袍。各地群众也不断来信，诉说他们买不到丝绒服装的苦恼。"

"既然人民群众需要美，我们就要尽量满足他们的需求。我们决定扩大服装生产，成立一个服装组，服装组由谁来负责呢？我决定在全厂公开招标，结果，在众多的投标者中，我选择了一位电工，名叫陶雪明。当时有人说这个工人平时工作懒散，不大听话，怕是不行。我说，我用人不是要用听话的，而是要用有本事的，不大听话没有关系，只要他有本事就行。我分析了他的方案，认为他的方案切实可行，最后大家一致同意给他，后来他干得很起劲，他很有办法，第一年给他订的利润指标是10万元，他完成了11万元；第二年给他的利润指标是30万元，他又完成了33万元。"

"事实证明，那些不大听话的人往往是很有才能的，而那些唯

命是从的人往往是些庸才，当领导的要干一点事业，就要敢于放手使用那些不大听话而又有真才实学的同志。"

"虽说我们的丝绒服装起步晚，我们又不是专门的服装厂，但是，我们的丝绒服装势头一直很好，这两年，我们设计的服装连续获苏州市最佳流通时装设计奖。"

"丝绒服装的潜力究竟多大，原来我们心里也没有确切的数字，去年国庆前夕我不是跑到观前街去看新娘子去了吗，我想，国庆节结婚的多，我要看看到底有多少新娘喜欢穿我们生产的礼服，结果我看到，十五个新娘子中有七个是穿我们生产的丝绒礼服的，以后的生活水平还会不断提高，穿丝绒的人只会越来越多，我这样一算，潜力还大得很。"

"当然，我们不能只满足于国内市场，我们的目标是打开外销渠道，参加国际大循环。现在我厂生产的丝绒和丝绒服装已列入国家计委扩大轻纺产品出口项目，投资 90 万元的新服装厂已破土动工，不久就可以交付使用。目前，我们正在筹备时装表演队，客户来了，先看时装表演，看好了当场订货，二楼还设有柜台，随时都可以销售我们的丝绒服装。"

我突然想起陈列室里的模特，华贵的乔其绒、烂花乔其绒服装，使本来没有生命的她们一个个似乎都有了呼吸。不久之后，时装表演队的窈窕淑女们将穿起这些时装翩翩起舞，那将是一种怎样的和谐的美啊！

愿这美插上翅膀，飞遍世界的每个角落！

四

我在采访的过程中，充分地感受到了李祥生在厂里的权威，不少人怕他，但更敬佩他，尊重他，拥戴他。

去年的一天，厂劳动资料科突然多了一位编外人员，一位青年女工坐在办公室里无所事事，悠然自得，但仔细观察一下，便觉得她心事重重，坐立不安。

这是怎么回事呢？原来这位女工原在丝织厂，她千方百计要求调到染丝厂，调来后却不好好工作，便被车间退回劳资科。厂长说："既然车间不要你，那你就在劳资科待业吧，没有事情你学习也好，厂里转转也可以，不过不能迟到早退，每天发给你一元钱生活费，什么时候想通了，要工作，就自己到车间去要求，哪个车间愿意要你，你就到哪个车间去上班。"

一开始，这位女工觉得蛮自在：整天坐办公室，什么事也没有，可是没过几天，她便如坐针毡，坐立不安，这不仅是因为少拿了工资和奖金，更重要的是面子难看，哪个人没有自尊心呢？全厂职工都在拼命苦干，我一个人怎么好意思整天闲坐在办公室呢？没有办法，她只好去车间求人联系工作，李祥生见她思想上也确实受到了触动，也帮她到车间联系，这样，总算有个车间答应接收她，但要使用三个月，你想想，她能不好好工作吗？

1986 年的一天，吴县某乡村的一位白发苍苍的老人正在家里闲坐，染丝厂的三位同志风尘仆仆来到他家中，他们手提生日蛋糕，进门便向老人祝寿。原来，这位退休十几年的老人原是染丝厂的职工，今天过八十大寿，染丝厂领导特地派人赶到乡下为他祝寿，老人激动不已，连声说："感谢！感谢！十几年了，你们一点也没有忘记我这个老头子。"

是啊，怎么会忘记呢：不要说老人的八十大寿，就连全厂每个职工的生日，不都挂在厂领导的心里吗？1987 年，全厂每个职工过生日，厂里都专门为他（她）做一份寿面——双浇面。到了 1988 年，每个职工过生日，厂里都要送一份礼品——生日大蛋糕。无论哪个职工结婚，厂里唯一的一辆小轿车就借给他（她）用，结婚请客，可以到厂里的食堂餐厅办酒席，既实惠，又节约，更重要的是卫生，厂里的卫生是有口皆碑的，笔者曾两次经过厨房，这里见不到一般厨房甚至是一些高级宾馆的厨房里那种油腻腻、黏黏糊糊，无论是灶台、桌子、餐具，还是地面上，到处都干干净净，清清爽爽。卖饭窗口上面，贴着许多规定，随便摘取一条，可观其一斑：

"为了防止疾病传染，食堂一律不租借碗筷，确需碗筷者，可折扣低价出售。"

一天中午，食堂门口围着一大群人，人们在争相观看一张贴在门口的招聘启事，只见大红纸上面写着：

招聘红娘

　　本车间两位大龄青年、尚无女友，有哪位热心人愿做红娘的，本车间全体同志表示衷心感谢，如有牵线搭桥成功者，奖励现金 100 元。

整理车间

× 月 × 日

　　厂长的言行影响了基层干部，关心职工生活在厂里蔚然成风，基层干部又反过来促进厂长。不久，李厂长在大会上宣布："哪位同志为本厂大龄青年的婚姻牵线搭桥成功者，奖励 300 元，工会，团总支要多多组织些活动，提供条件，有机会把女青年招来，我来讲话，先让她们看看我们厂，哪个愿意的，条件我们尽量满足，别的我先不保证，结婚时保证有你们的煤气灶……"

　　为了陶冶工人们的情操，为了人们的心灵更美好，谁也记不清李厂长做了多少件事：办图书馆，建俱乐部，举办中秋赏月会，每月安排工人去苏州疗养院疗养，组织工人去北京、黄山旅行；今年年初，李厂长向全厂职工宣布：到年底完成三百万元的利润，全厂每个职工都可以乘坐飞机外出旅游一次，让你们飞向天空，从更高的角度看我们祖国的大好河山，看看美好的人间，看看我们这个美丽的世界！

原载《送你一片姑苏秀色》1988 江苏文艺出版社

转动的世界

一

　　苏州有个吴县，吴县有个小小的陆墓镇，陆墓镇有个小小的特种链条厂，链条厂有位小有名气的厂长，厂长正年轻，今年周岁35，名叫曹永坤。

　　只因为有了这个小小的链条厂，只因有了这位曹厂长，小镇这几年突然热闹起来，四面八方来订购链条的，来学习取经的，登门道谢的，来结识这位厂长的，络绎不绝。人们来到这里以后，会得到各式各样的满足，除此以外，厂长还会向你介绍这个小镇的有关历史，带你到小镇周围走一走，看一看，走过看过以后，方知不虚

此行。

但是小镇的名字就让人好奇三分：

一说此地为三国名将陆逊之墓地。三国时期，蜀主刘备派大军出巫峡，连营数百里进攻东吴，来势凶猛，孙权起用陆逊为大都督，结果陆逊火烧连营，以少胜多，大破蜀军，陆逊从此一举成名；

一说唐朝翰林院学士陆贽，因才华出众。公元792年任宰相，后为奸臣所谗，被贬为忠州司马，死后葬于此地。

小镇的南面还有一方芳草青青、石马石兽常年守候的净土，这便是明代著名书画家兼诗人、明四大家之一，与祝枝山、唐寅、徐帧卿并称为"吴中四才子"的文徵明的墓地。

在通往文徵明墓地的路上，有一座蜚声中外的小村庄——御窑村，村中生产砖瓦，砖叫"清水砖"，一色黛青，整齐光洁，不加粉刷，墙面洁净悦目。人称"金砖"的大方砖用来铺地，能与水磨石媲美。至于瓦片，薄而匀称，特别是檐前探头瓦，上面刻有"双龙戏珠""吉祥麒麟""八卦图"等，令人惊叹。

据说，早在宋代，余窑（当时叫余窑）已名扬四方了。永乐年间，明成祖朱棣大兴土木，建造宫苑，需要大量上等砖瓦，就派官员到余窑监制，样品送到皇宫，朱棣亲自验看，他敲之铮铮有声，断之又无缝无孔，叹服不已，于是，特下旨赐名余窑为"御窑"，从此御窑名噪天下。据记载，北京定陵等建筑所用砖瓦无不出自御窑。当时的老百姓日夜赶制，再用船队从运河运至京都，村边至今

还有一座望郎君桥，当时的男子都被征去用船队送砖瓦去京都，一去数月，生死难卜，妇人们便站在桥上翘首远望，等待郎君平安归来。

今天，这个村出产的一百多种砖瓦大都用来建造仿古建筑，修葺古代寺、庙、塔及园林建筑。1980年，美国纽约大都市艺术博物馆仿照苏州网师园殿春簃建造"明轩"，数万块敲之有声、断之无孔的砖瓦远涉重洋，来到纽约，成为世界文化交流的友好使者。

链条厂紧靠御窑村，陆墓的墓地便在厂内，也许是因了先人的灵气，链条厂这几年越来越兴旺。

二

"我是1983年10月被任命为链条厂厂长的。真是'受命于危难之时'，当时厂里是个什么样的情况呢？"曹永坤深深地吸了一口烟，往事如同烟雾一样从他口中缓缓涌出：

五年前的链条厂是从镇农机厂分出的一个小厂，农机厂分成五个厂：农机厂、服装厂、家具厂、失蜡浇筑厂和链条厂，五个厂没有分到一分钱，账上一空如洗，还欠其他厂家19.8万元，工人不仅拿不到一分钱，连工资也领不到，怎么回事呢？原来先前的厂领导不公正，工人干多少报酬都一样，大家不愿干；再者领导浮夸风严重，他们为了请功邀赏，每年虚报利润，一查账本，亏空60多万元，细想起来，这也不足怪，我们的好多领导为了往上爬，一直是这样干的。

既然领导给了我这副担子，再困难也要挑起来，我这个人，要干就像个干的，我向来不服输，你知道，我们这个地方自古以来就盛行斗蟋蟀，胜者披红挂绿，我们御窑烧制的蟋蟀盆也是名扬天下的，相传南宋丞相贾似道喜斗蟋蟀，他所用的精致的蟋蟀盆就是御窑特制的，现在外国人做的蟋蟀盆养不活蟋蟀，只有用我们的，现在这种盆畅销香港、东南亚，一个蟋蟀盆装一只活螃蟹出口到香港，一盆就是一百港币。我们这里的人，不仅喜好斗蟋蟀，而且对蟋蟀的颜色、形体、头、牙、眼、脸、须、项、翅、声、肚、肉、肋胁、腰铃、脚、爪尖、腿、尾以及蟋蟀的调养和用具都有相当深的研究，形成了一种蟋蟀文化。可能是受这种文化潜移默化的影响，我这个人也是好胜不服输，我就不相信我搞不好一个厂！我说，你只要放手让我干，五个厂的欠款由我负责偿还！

工人拿不到工资，一起找我要活干，我一上任就下令停产，别人说我发疯了。我说，你们先清理工厂，洒扫庭除，等待任务。我们原来是生产出口标准链条的，可是竞争不过国营大厂，搞了两年亏大了，我想再不停产，还要亏下去。没有分厂时我就建议停产，可当时书记不同意，他怕担风险，要过平安日子，当时是书记说了算，我没办法，现在分开了，厂里我说了算，我决定改产非标准链条，即特种链条。

说实在的，当时我也很担心，因为连一点任务还没有，但我还

是要冒这个险，从某种意义上说，一个企业家就是一个冒险家，当然，我这种冒险不是没有根据的，1982年的一件事启发了我。

曹厂长又深深地吸了一口烟，掐灭了烟蒂，绘声绘色地讲起了这件事：

1981年，上海石油化工厂所属的塑料厂从日本进口了输送机，到了82年这台机器坏了一根链条，这种链条属于特种链条，当时我国不生产，全靠花外汇进口，日本方面又卡我们脖子，不单独进口链条等零件，要进口就进口整机，逼着我们多花冤枉钱。上海研究所的王工程师给我们提供了这条信息，并送来图纸，我们就根据图纸为石化塑料厂生产了一条两百多斤重的特种链条。

链条送到上海，塑料厂喜出望外，他们非常感谢我们为他们解了燃眉之急，让我们说个价钱。人家让我们自己说个价钱，我可为了难，说多少合适呢？说少了怕我们工厂吃亏；说多了，又怕人家笑话，根据我们生产标准链条的情况，我们生产的这条特种链条至多值一万元左右。当时我们厂里没有钱，我这个人胆子又大，我鼓足了勇气，管他笑话不笑话！我说：我们要八万元！谁知，话一出口，人家就满口答应了。好家伙，我一下子就赚了六万多元！这下子可给我们厂解决了大问题，我那个高兴劲，简直没法说，幸亏我漫天要价！谁知后来仔细一打听，进口这样一条链条要21万元！原来钱都给"老外"赚走了。有些事说起来真伤心，我们中国不少人眼睛只盯住洋货，其实我们国内好些产品并不比洋货差，听一位朋友讲，他们单位生产的塑料薄膜出口到美国，而对方只在原货上加个美国商标，就以 3—4 倍的价钱卖给我们，你看，有些事情真叫人生气……

话题扯远了，还是我们厂吧。我一方面让工人维修机器，一方面我和副厂长杨水牛到上海去找活干，天无绝人之路，我们总算在上海一家专营链条的商店找到了活，商店让我们生产一种 25.4 弯板链条，他们包销，（后来我们才知道他们是销售给武汉钢铁厂），但是条件非常苛刻：50% 的利润，他们商店拿 30%，我们只拿 20%。

有了活，我就带领工人日夜拼命地干，当时下着大雪，我和副厂长杨水牛白天黑夜不回家，一连在厂里的水泥地上睡了二十七个晚上，我这么一带头，哪个工人还偷懒？两个月以后，尽管商店条件苛刻，我们还是赚了 7.5 万元。可是，就是这 7.5 万元商店还不肯付款，压在他们那儿涨利息。眼看要过春节了，工人拿不到钱，真急人！万般无奈，我和副厂长轮流去上海送礼，你看，世界上还有这种事情，讨账还要送礼。送了两次猪腿，不行。再送一次，还是不行。再送一次，仍然不行。经理要送，售货员也要送；出纳要送，会计也要送，哪一处香烧不到，哪一处就不灵，总共送了七次，这才勉强付了款。

我们这种小厂，不容易！国家不管，从原材料设备到产品销售，全靠自己拼命，全凭一口气在那里硬撑着，不能松气，一松气就全完了。

到了 83 年 1 月份，厂里的工人每人拿到 116 元奖金，84 年我

们订的利润指标是 12 万元，结果我们完成了 47.2 万元，85 年完成了利润 87.7 万元。

三

曹永坤的举动总是让人吃惊，谁也没有想到，这个小小的镇办厂刚刚还清债务、吃饱肚子之后，首先想到的是在厂内办学校。

曹永坤看到，近年来从农村招收来的青年工人成了工厂的主要力量，然而他们大都文化不高，缺乏技术，他们需要提高文化无异于久旱的土地需要一场透雨。曹永坤毫不犹豫地拿出两万元购置教学设备，请教师，办起首届培训班，学文化、学技术，学期为一年。

首届学员刚毕业，曹永坤又拿出三万元，第二届学员开始上课，这期学员全部是车间班组以上干部，共 40 人，曹永坤亲自去苏州市请来机械研究所的两位讲师，讲识图、制图，讲机械切削，讲电器……经过一年半的学习，学员全部成为技术干部，成为工厂的中坚力量。

教师请了一批又一批，学员毕业了一期又一期，链条厂的生产没有因为办学而下降，反而越来越红火。陆墓镇投资一千七百万办一个铝合金的门窗厂，急需大量的技术人才，他们四处求援也没能得到满足，曹永坤豁达大度，一次就为该厂选送了三十名电工、车工、刨工、铣工等。

曹厂长的举动不仅让对方感谢涕零，而且震动了整个陆墓镇。一时间，七个镇办厂，四个村办厂纷纷来求援，曹厂长有求必应，先后为他们输送了 50 名技术骨干，有的技术干部还到兄弟厂担任一、二把手。

技术骨干走了，厂里的生产怎么办？厂长说：技术不是天生就会的，是学会的。于是，他重新从农村招收新工人，继续培训。厂长的高风亮节赢得人们的赞颂，小镇的人们送给链条厂一个称号——"黄埔军校"。

链条厂的"黄埔军校"毕业生们不仅学会了链条生产的技术，而且还掌握了链条安装调试等一系列技术。1986 年，他们派出一支精悍的小分队，用自己生产的特种链条为解放军某部后勤仓库设计安装了一条弹药检修测试流水线。这条流水线无噪声，可防爆，可调速，修理方便，美观大方，将我军的弹药检修测试工作提到一个新水平，各部队闻风纷纷赶来参观。随即，南京军区后勤工作正规化现场会在这里召开，不停转动的链条吸引了四面八方的目光。

山东驻军派人来了，福州驻军派人来了，安徽、新疆驻军也派人来了，小小的链条厂热闹非凡，曹厂长还是有求必应，好在他们有人，有技术。然而曹永坤没有满足，他们根据部队的需要，不断地改进技术，改进产品。1987 年，他们派出 16 人来到江西上饶某军工厂，从车间设计到安装调试，一包到底，为他们安装了一条新的弹药检修测试流水线，厂方十分感谢！

今年一月，他们支援兄弟厂，以三万五千元的价格把流水线卖给吴县有色金属机械厂。流水线如同新鲜的活水，为该厂带来新的生机。

四

也许，曹永坤没有读过西方的公共关系学，但是他的实际经营说明，他不仅懂得东方中国的人际关系学，而且对这门深奥复杂的学问深有研究。

谈起这些，他长长地吁了一口气："搞经营，做生意，不能只想到赚钞票，要想生意做得长远，做得红火，必须替客户着想，设身处地地为客户着想，要经常想想，假如我是用户，我需要什么？"

"以前我们只生产链条，现在我们为了方便客户，还为他们生产配套的链轮，铝接板等。还有一些配套产品，如尼龙刷子等等，虽然我们不生产，但我都给他们到镇上配好，我们这个镇子工厂很多，产品五花八门，所需配件镇上都能配到。这样客户来我们厂提货时顺便把配套产品带了一下，很方便，否则买一种配件要到一个地方，很麻烦。这样我既做了人情，又给他们提供了方便，所以人家都喜欢到我这个厂来订货。"

"客户来厂，我热情接待，让他们生活上感到舒适，如果是北方来的客户或第一次来苏州的客户，我还陪他们到苏州玩一玩。我觉得，做生意就和谈恋爱一样，要建立感情，你对人家冷漠，人家也不会对你有感情，没有感情人家就不会到你这里来。"

"谁都知道，谈恋爱要多接触，有事没事都要多在一起谈谈，交流交流，加深了解，增进感情。我们做买卖也一样，当然我们打交道的单位不是一家，光是苏州市就有 300 多家单位，谈恋爱要专一，在这一点上不大一样，但道理是一个道理；我们有事的时候去对方那里，没有事的时候也常去跑跑，反之也一样，客户来了，有活给我干，我热情接待，没有活给我干，我也一样热情接待；逢年过节，更要在一起聚聚，喝喝茶，抽抽烟，吹吹牛，表面上看起来这是浪费时间，实际上这是信息交流。比如说原来，苏州市很多单位急需我们生产的特种链条，但他们不知道我们这里有，却跑到上海等地，费了很多时间和精力，最后还是买不到，而我们这里却有大量压货。如果原先多些了解，就不会有这种情形了。"

"还有一条，不管是生意清淡时期，还是兴隆时期，用户有了困难找上门，我们都设法帮助解决。你看见了吧，我和你谈了不到十分钟，就来了三茬客户，刚才很着急的那位是上海的，我们的老客户，他到我们厂来买链条零件，可我们早就不生产那种链条了，现在我们的活又忙不过来，可人家的生产正在节骨眼上，人家有了困难，我们推开不管那还够朋友吗？我们尽管没时间生产，但我可以给他找个厂家生产，我已经派人陪他去了，直到给他解决为止。这也和谈恋爱一样，你的女朋友有了困难，你能不帮忙解决吗？"

"当然喽，谈恋爱也有上当的时候，那也不要紧，因为毕竟是少数。这些年，我先后从上海、苏州、无锡、南京等地聘了十三位工程师，每年要花费三万多元，有的地方来的工程师徒有其名，没有技术，又不好好干，但我照样报销他们的一切费用，每天还要再付七元钱工资。"

"虽然上过当，但我还是要聘。今年，我不但聘工程师，而且还聘信息员，被聘的信息员不脱离原单位工作，只需在工作之余为我提供信息，我每月发给工资一百元，如果能接到一笔利润高的生意，我另外发给高额奖金，我们小厂好办，我说了就算数，中央领导不是讲要搞有偿信息服务吗？现在，不管是厂外厂内哪位同志，谁给我提供信息，我都付给他信息费，你关心我这个工厂，我当然要给你报酬。"

五

如今，这个小小的链条厂所生产的特种链条畅销全国各地及各大军区，被广泛地用于机械、食品、轻纺、采矿、冶炼、起重、运输等部门，深受用户的欢迎。人们不禁要问：这个小小的镇办厂为何具有这般魔力，难道国营大厂竞争不过他们吗？

当我提出这个问题时，曹永坤笑了："你可知道，我们是在夹缝中生存的，每家用户对于特种链条的需求量不是很大，国营大厂对此往往不屑一顾，他们认为不值得大规模正规化生产；经常改产

非常麻烦，别人不愿干，我们来生产，我们厂小，厂小有厂小的好处，俗话说："船小掉头快"，厂里我说了算数，根据用户需要说改就改。不像大工厂、大公司那样层层上报，层层审批，有时候一个产品半年还批不下来。"

"像我们这样的没人管的小厂，要经常动脑筋。我几乎每天晚上都要想想：明天我们该怎么办？1985 年，我和陆墓中学校办工厂联合建起个链轮厂，其实，只是挂了个校办厂的名，因为这样一箭双雕。一是为我们的链条配了套，方便了用户，二是挂了校办厂的名，每年给学校 2.5 万元，每逢教师节，再给教师送些礼品，为学校添些设备，给教师们买热水瓶（教师教书很辛苦，有时喝不上开水），这样既支援了教育事业，而且根据国家规定，校办厂可以免税，1985 年，就免了我 16 万元税收。"

"你知道吧，我家是农村，初中毕业后，我就去苏州修了五年多飞机。那时候我曾想：飞机这么个庞然大物怎么能飞上天的？后来我才知道，这是门复杂的技术，但其中有一点是肯定的：你别看这么个庞然大物，其实它的自身重量并不很重，这也给我一点启示：一个工厂要尽快起飞，自身的包袱一定要减轻。"

"别看原来我们这个厂小，可科室人员一大堆；养老的；走后门吃闲饭的；没有本事专门瞎捣鼓的，应有尽有，我仔细一想，这哪能行？不是要改革吗？不是要轻装前进吗？那好！我是厂长兼支部书记，下面总务兼保卫合起来设一个人，再设一名半脱产的文书，和几位会计，不设什么宣传科之类的科室，连办公室都不要，

一个萝卜一个坑，不搞花花哨哨的摆设。"

"原来厂里设了不少科长，这次我全部降级使用，全部下厂搞承包或供销，不是能上能下吗？这样一来，有人说我不讲情面。我说，过去厂领导光讲情面，不讲技术，结果怎么样，你们清楚。你说我不讲情面，我就不讲情面，我是为工厂着想，我当众宣布了两条：1. 愿意干的，我欢迎，到车间搞承包，规定指标。2. 如果哪位不愿干，要调走，我同意。"

"有一位科长降职到车间以后，很不高兴，闹情绪，发牢骚，干活不卖力气，我不理他，不管怎么样，我规定的指标你必须完成，如果你比原指标损失一元钱，你就要从自己的腰包里掏一角钱赔偿；损失一百元，赔偿十元，如果损失到一千元，我就不客气了，加倍赔偿，赔两百元。年底，这位同志没能完成规定指标，我就按规定罚款，谁来说情也不行，最后他还是服气了。"

"这样轻装前进一阵子，厂里果然兴旺起来，由于厂里工人不断增加，厂里的事情也越来越多，于是又增加了一些科室人员，当然有些是走后门来的，他们大都是领导的亲戚朋友，我也抵不住。可是不管你是谁，到了我这个厂，就是我这个厂的职工，就要服从我的领导，如果调皮捣蛋，我照样处罚。"

"说起来也好笑，厂里有的人看我经常陪来人吃吃喝喝，还坐小车，就认为我很舒服，他们哪里知道，陪人吃喝是件很疲劳的事情。可是，你不陪人家行吗？现在哪个企业不搞这一套，有人说，这是不正之风，我说这是正常的交往，如果这也是不正之风，我敢

说，如今的乡镇企业大都是靠这种'不正之风'作为动力的，要是没有这股'不正之风'，工厂就转不起来。"

"舒服也好，'不正之风'也好，大家都来尝尝这个滋味，去年我规定，除正常工作外，厂长、副厂长每人一年要给厂里交七万元利润，所有科室人员，每人一年交两千元利润，用什么方法我不管，找汽车给厂里运货也行，提供廉价原料也行，推销产品也可以。完成了，给予奖励，完不成，年终扣奖金，去年年底我和几位厂长以及科室里的 11 个人都完成了这个指标，个别没有完成指标的照章处理。"

"今年我还是这样规定，这样一来，他们一有时间就设法搞钱去，平常爱闹事的没有时间闹了，爱瞎捣鼓的也没有时间捣鼓了，你别说，这个办法还真灵，你不是有靠山吗？你不是和领导有亲密关系吗？那好，你就利用你的靠山、你的关系去为我们厂出点力吧，省得你动不动就向领导告黑状，搞得大家鸡犬不宁。你别说，他们这些人还真神：不光捣蛋闹事有办法，搞钱也有办法，不到年底就超额完成了任务。看来我们当厂长的，要经常动动脑筋才行。"

"现在，镇上好几家工厂都推行了我这个办法，听说县政府机关也要采用这个办法。昨天我去县里开会，县政府决定：今年全县要搞一亿美元外汇收入，以便明年取得直接对外贸易权，县里把任务分到各乡各镇，镇上又把任务分给各厂，我这个小厂没有出口产品，今年也要交三万美元，死任务，我也大伤脑筋，实在不行，到

年底只好用人民币去买黑市外汇了……"

六

在美国，无论是医务人员、急救人员、警察还是官兵、工人、农民、学生均戴工作手套，而且是一次性使用。避孕套的功能也不单单是避孕，而更重要的是为了避免艾滋病病毒的传播。因此，乳胶手套，避孕套的需求量激增，尽管厂家加速生产，但仍然供不应求，许多美国医院所需的乳胶手套不得不用较差的乙烯手套或无菌外科手套来代替，无菌外科手套每双为35美元，较乳胶手套价高三倍，但仍然面临断货危险，因此，他们不得不从东方国家大量进口。

当曹厂长打听到这个消息后，便当机立断：停产各种正在生产的特种链条，全力以赴上乳胶生产链条！

当即就有人问："曹厂长，你这样决定究竟有多大把握？"

曹永坤十分自信地说："我们中国盛行一种风气，那就是一哄而上，干什么事都是一哄而上，我吃准了中国人的这种习惯，你放心，各地肯定会大建乳胶厂，乳胶生产链条一定会供不应求。"

果然不出曹永坤所料，不久，上海、安徽、浙江、海南、福建、北京、湖南等地纷纷来厂订货，尽管厂里日夜加班生产，还是不能满足用户的订货。曹永坤立即到几个生产不景气的乡办厂，要他们为本厂生产链条零件，对方工厂自然是求之不得，满口答应，很快，链条厂就只管组装了，于是大大加快了生产速度，利润大幅度提高。

俗话说：皇帝的女儿不愁嫁。可曹永坤不是这么想，链条生产越是紧张，他越是严守质量，如果质量不合格，一节一环也不出厂，他们赢得了全国各地用户的信赖，一个小小的镇办厂竟然创出了全国乳胶链条的第一块牌子。

就在链条厂一帆风顺的大好时机，曹永坤又做出了令人费解的举动：投资九十万，上标准链条！

年轻的厂长，你难道忘了吗？当年不就是因为生产标准链条吃了大亏的吗？不就是改产特种链条才兴旺的吗？现成的饭还吃不完，你为什么又去冒险呢？

曹永坤满腹自信："我怎么会忘记那段艰难的日子呢？常言道：此一时，彼一时，你不打听一下，最近全国上了多少乳胶链条厂，光是我们县就上了五家，中国人干什么都是一窝蜂，眼前的状况持续不了多久。再说，我们厂的情况也和那时不一样了，我们现在有能力和生产标准链条的大厂竞争了，尤其是外贸制度即将改革，我们准备用标准链条打向世界，参加国际大循环。如果从现在不早做准备，到时候大家又是一哄而上，我又来不及了。我们不能因噎废食，世界上的事情也和机器上的链条一样，是不停地转动的，我们要想跟上，脑筋也要不停地转动才行。"

年轻的厂长，感谢您！是您让我们认识了你那转动的链条，转动的世界和那转动的思想！

原载《送你一片姑苏秀色》1989 江苏文艺出版社

大唐乐土

南出杭州，跨过钱塘江大桥，驶上杭（州）金（华）衢（州）高速公路，扑面而来的，满是日新月异的现代化气息。

雪白的行道线，湛蓝的路标，树木青翠的枝叶，都在传递着一种青春的律动，公路两旁缤纷的紫薇、红白相间的夹竹桃和不知名的野花，艳丽着江南的八月。在这如诗如画的风景中穿行了一个多小时，我们就来到了诸暨市的一个小镇。

这是中国最基层的一个小镇，它却有着一个很气派的名字：大唐。

这是一方乐土，大唐乐土。

大唐是创业者的乐土。说来让人难以置信，一个小小的乡镇，居然有4500家织袜企业，"大唐机器一响，天下每人一双袜"，年产 70 亿双袜子使大唐当之无愧地成为全国最大的袜业基地。家庭作坊、小型工厂、现代化流水线星罗棋布，工业园区新建厂房如雨后春笋；大货车、小货车、大众、奥迪、奔驰、宝马满街穿行不息；高达数十米、体育馆一般规模的现代化大型袜业市场红红火火，日进斗金，各地商贾云集，大小酒店客满，街道、公路在日夜新建、拓宽，星级宾馆在加紧施工……

这里的人们似乎都保持着一种忙碌的兴奋感，匆忙的脚步表达着他们对美好未来的期盼和追求，他们脸上洋溢着一种感激生活的愉悦和幸福，大街上熙熙攘攘，车流如水，见不到某些地方常见的吵架和莫名其妙的围观，即使是发生一点小摩擦，大家也是抬头一笑，然后各奔东西，他们根本没有时间、更没有心情去吵架、去围观。整个镇上呈现出一派欣欣向荣热气腾腾的景象。

人们不禁要问，一个普通小镇，何以如此兴盛？除了人所共知的大背景、大环境的进步外，我们不得不佩服大唐人的勤劳、精明和苦干精神。有道是"起家如针挑土，败家似水推沙"，创业初始，一双袜子只赚几分钱，甚至是一分钱，这对于那些"大钱挣不来，小钱不愿挣"的人，是不屑一顾的，然而，就靠着"针挑土"的精神，他们一分一厘地完成了资本的原始积累，也就是靠着这种"针挑土"的精神，他们神奇地建成了恢宏的袜业大厦，也就是靠着这种"针挑土"的精神，他们把曾经是一片荒凉的家园变成创业者的乐土。

大唐是外来务工者的乐土。一个 2 万多人的小镇涌来了 3 万多

外来务工者，这支规模庞大的队伍给大唐带来繁荣的同时，也给大唐的生活、文化设施带来巨大压力。

众所周知，外来务工者是社会上的弱势群体，他们背井离乡，抛家离业，他们干最苦的活，住最差的房，吃最差的饭，酷暑中挥汗如雨，严寒中顶风冒雪，他们有时要挨老板的训斥，遭世人的白眼，辛苦一年，有时甚至拿不到工钱。

而大唐人却把他们视为兄弟姐妹，情同手足。他们为这些来自云南、贵州、广西、江西、湖南、安徽等地的务工者建造了明亮宽敞的住房，厨卫、水电，一应俱全。有的还把他们的家人一同迁来，共同务工，共同生活。大唐人还妥善地无条件地安排外来务工者的子女入学读书，把他们视为"大唐特殊小公民"，费用上特殊优惠，收费标准比本市的借读生优惠一半，并发动大家捐献课本和学习用品，开展帮困助学活动，使他们真正受到良好教育，孩子们高兴，家长们也不再担心孩子的前途，全身心地投入到工作中去。

衣、食、住、行无忧后，外来务工者，特别是青年人自然要求文化娱乐消费，大唐人适时地为他们建立起"建设者之家"，每逢夜晚，"建设者之家"灯火辉煌，图书馆、音乐茶座、电子游戏室、卡拉OK厅、溜冰场，热闹非凡，外来务工者在此尽情地享受，他们凭会员证还可以得到优惠。夜间广场文化活动更是热火朝天，健身舞是他们最喜爱的项目，中年人、老年人、老板娘、打工妹……都在悠扬的乐曲中尽展舞姿，人们求富之后，求美、求乐成为他们共同的要求。当地居民还和外来务工者一起组织起业余演唱队、大鼓队、腰鼓队，舞蹈队、秧歌队、管乐队……村镇还专门为来自云南苗族等少数民族的务工者购置民族服装和乐器，组织他们表演对歌、舞蹈，把家乡浓郁的民族风情带到这里，让大唐真正成为外来务工者的乐土。

大唐是外商的乐土。规模宏大、品种齐全、配套完整的袜业市场不仅吸引了全国各地的制袜企业前来投资办厂，更吸引大批外商来此投资兴业。国内250家知名化纤丝、袜子生产企业和国外20多家著名袜机制造商在大唐设立窗口，仅意大利的罗纳地、马泰克、胜歌，韩国的兄弟、富胜、明光、国际尼龙及台湾地区的尧顺、大康等国际名牌企业，就在大唐年销各类袜机一万余台，德国的"金色女人"袜业也将落户大唐，数十美元一双的高档袜子也将从这里走向欧美上流社会。

大唐魅力何在？请看一例：美国一客商来电订货，"浙江袜业"连夜设计样品传真过去，获得认可后，第二天很快就在镇上备齐所有原料，并投入生产，仅仅几天就提前交货了。在大唐，哪家缺什么原料，缺什么配件，或设备出现故障，只需一个电话，各类服务立马上门，这无形中就降低了成本。当然，政府的服务意识，宽松的环境，便利的交通，信息的智能化等也是另一原因。

细看今日之大唐，创业的热土已变成创业的乐土，大唐乐土必将创造出新的神话！

原载《浙江作家》2005 年

让青春骑行天下

——记泰亿机械工业（江苏）有限公司

总经理徐明强

一

在美丽的宝岛台湾中部，大约北纬24°左右的地方，有一个彰化县。这是一片温润的充满生机的绿色田园，它西临台湾海峡，东面是地处南投县的日月潭国家风景区，它的南部是同样闻名世界的八卦山国家风景区，这里的海拔虽然只有96米，但登临山顶可俯瞰四周全部美景，可以远眺海上的点点渔舟。这里有精妙绝伦的高达22米的大佛，这尊占地700平方米的黑色大佛端坐白色莲花座，被誉为亚洲第一大佛。县内的名胜古迹，人文景点数不胜数，仅一

个民俗村就占地 52 公顷，更让人惊叹的是田尾公路花园，一条横跨五个村庄的公路两旁，全部种满各种鲜花，春夏秋冬，四季不绝，鲜花的品种极其繁多，仅仙人掌就有 500 余种。这里是全台湾最便宜的买花胜地，凡是来此赏花、买花的游客都赞叹不已、流连忘返。

这片美丽的平原不仅土地肥沃，物产丰饶，被称为"台湾谷仓"，更孕育出一批又一批的杰出人才，如政界、商界、学术界、文艺界、演艺界、体育界等各行各业的著名人物更是灿若繁星，这个小小的彰化县可真正地称得上"地灵人杰，物华天宝"了。

时光荏苒，白驹过隙，如今，彰化县这块福地又连续涌现出一批又一批更为年轻的人才，一位勤奋好学、风流倜傥、心灵纯净的70 后就是其中之一，他叫徐明强，泰亿机械工业（江苏）有限公司总经理。

徐明强出生在彰化县埔心乡一个普通的小村庄，这个纯朴而美丽的村庄，像一个鸟巢一样静静地安卧在彰化市平原无边的稻田之中，"水乡路，水云铺／进庄出庄一把橹／要找人家／稻花儿深处／一步步，踏停蛙鼓"，著名诗人沙白先生描写江南水乡的诗句也同样适合这里。

略有不同的是，这里村庄的四周长满高大挺拔的芭蕉，凤尾竹等，宽大的阔叶在阳光下油光闪亮，果园里的杨桃、芭乐等各种水果散发着诱人的清香，又高又粗的龙眼树像一把把巨伞呵护着房屋，呵护着一个又一个的三合院……

　　童年的徐明强是快乐的。二十世纪七八十年代的台湾已经告别了贫穷，他不必像父辈们那样为生存而忧心操劳，放学后和假期他也不需要挎着篮子打猪草或者下田劳动，而是由着性情和小伙伴们自由玩耍，捉蚂蚱、粘知了，捉迷藏、爬树摘果子，下塘戏水游泳……村庄的家家户户门前都有一个池塘，池塘之间互通互连，池塘的四周满是古老的垂柳，浓密的柳条覆盖着水面，池水清澈透明，大人们在这里淘米洗菜，洗衣服，小伙伴们把这里当成了天堂，他们打水仗，摸鱼捉虾，他们最爱玩的游戏是"高台跳水"，他们选中一棵虬劲的老柳树，挨个爬上去然后张开双臂，纵身一跃，"扑通！扑通！"池塘里顿时溅起雪白的水花，也溅起小伙伴们欢乐的笑声和欢呼声……

　　随着生活水平的不断提高，家里在三合院的旁边办起一座由猪舍改造成的家庭小工厂，明强和小伙伴们经常会跑到这里"帮忙"，他们敲敲打打，锤子、钳子、锯子、螺丝刀、铁皮等成了他们的玩具，他们的动手能力和想象力在这里得到了充分的发挥。他们把铁皮的下脚料剪下，制成"飞盘"，小朋友们你甩过来，我甩过去，"飞盘"在他们之间飞来飞去，玩着玩着，小伙伴们就不见了踪影，他们有的爬上屋顶摘桂圆，有的跑去喂鸽子，有时候他们会成群结队地骑上单车在大路上撒欢，甚至一起跑到地里生火烤地瓜……划伤、碰伤、烫伤，一切在所难免，可他们谁也不在乎，旺盛的生命力让他们的伤口很快就愈合，一块块疤痕如同一枚枚奖章挂在他们的身上、腿上，那是生活给予他们最初的奖赏。

童年的记忆是难以忘怀的，也是具有启蒙意义的，家庭小工厂里的敲敲打打，成为徐明强走向机械制造的滥觞。1994 年，他大学毕业，凭着他的聪明才智和勤奋好学，尤其是他那让无数人羡慕嫉妒的身材和容貌，完全可以实现他的梦想，完全可以成为一位万众瞩目的演艺明星，因为优秀的人做什么都可以做到优秀的。父辈们想让他去他叔叔在南投办的一个工厂工作，徐明强是个听话的孝顺孩子，他虽然有过思想斗争，但最终还是顺从了父辈们的意愿，来到了位于南投市的这个工厂，这是一家专门生产运动型自行车和电动自行车的企业，从此，他就踏上了机械制造这条人生之路。

二

董事长徐文灏是位具有远见卓识、干练睿智的长者，他非常喜欢这个聪明好学的侄子，可他并没有给明强安排一个舒适的工作岗位，而是让他从基层做起，从 1996 年到 2001 年的六年多时间里，先后安排徐明强从事该企业几乎所有部门的工作：技术工、采购、产品开发、销售、外贸、生产计划与管理、障碍排除、工艺改良、国内外市场考察、公司管理直至去大陆投资建新厂等等，到了 2001 年让他出任泰亿机械工业（江苏）有限公司总经理。

说来也巧，六月下旬，省台办安排笔者去采访徐明强，一下车负责接待采访的张家港市台办的徐明就对我热情地说："徐明德采访徐明强，徐明陪同，"大家哈哈一笑，都说："真是缘分。"更巧

的是，董事长徐文灏长年在台湾，一年难得来几次张家港，来了也就住两天就返回，我去采访的第一天下午，就在我们准备返回时，意外地遇到他，他第二天一早就要返台，问他是否可以接受采访，尽管返台前诸事繁杂，他还是欣然同意了。

年逾七旬的董事长面目清癯，精神矍铄，他说，我出身农民，早年台湾的生活非常苦，我是吃地瓜长大的，艰苦的生活磨炼了我的意志，在我十七岁时，我就发誓：要么读到博士，要么挣到一千万（美元）！说到这里，他笑了：博士没能读成，一千万倒是挣到了。当我挣到钱以后才发现，挣钱并不是最重要的，重要的是要为社会做贡献，要有一颗善良的心，要有一个健康的心态，说到底，就是要做一个优秀的老百姓！那样心里踏实。

他接着回忆道：2000年，我带着一千万美元，来大陆考察，准备投资建新厂，我对明强讲，我们是来投资的，不是来投机的，对社会有利我们就做，污染环境的事我们坚决不做。在考察一个大城市时我问市领导，除了运动自行车我们以后可能还要生产电动车，你们这里废电池能不能回收，市领导说，说实话我们这里暂时还不能回收。尽管市领导再三解释，我们还是放弃了在这里投资的计划，因为电池不能回收，用户用过后到处乱扔，那一定会对环境造成污染，愧对子孙的事我们真的不能做，别人做，我管不了，但我自己要管住自己。

我们为什么要选择做高端运动自行车呢？因为它是一个绿色产业，顺应了低碳潮流，前景会越来越好。现在汽车的发展太快了，不仅资源高度浪费，而且污染越来越严重，而自行车不仅是交通工具，而且还是很好的健身器材，更适合年轻人释放激情、张扬个性，它零排放、无污染，不消耗能源，骑行自由、使用方便，越来越受国内外用户的欢迎，市场潜力巨大……

确定了做什么之后，就该确定在哪里做，怎么做。

在哪里做？纵观中国大陆，到处招商引资，热火朝天，但我们还是看中了江苏这块风水宝地。俗话说，"凤凰要把高枝占"，江苏辖江临海，扼淮控湖，经济繁荣，教育发达，文化积淀深厚，四季分明，气候温和，交通便利，我们先后跑了苏州、昆山、无锡、南京等地，这些地方的条件都非常优越，投资环境都很优良。就在我们举棋不定的时候，有人向我们介绍了张家港，说那里刚刚建立起一个保税区，社会文明程度高，投资政策优惠，市领导也很开明，你们不妨去看看再说。

一进张家港就感觉清风扑面，宽阔整洁的大道两旁是一排排碧绿如洗的香樟树，各类花草、灌木散发着阵阵清香。即使进入城区，也没有大城市里常见的那种令人窒息的高层建筑，一幢幢质量考究的低层建筑散落在大道两旁，使人感觉到如同身处欧洲的宜居小镇，但又比那些小镇多了几分现代感，车行其间，时常见到没有围墙的小型公园镶嵌在道路两旁，公园里高大的树木绿荫如盖，石板小路蜿蜒在绿草花木之间……

随着了解的深入，我们发现了张家港更多的优势：它地处长江三角区的中心位置，地理条件优越，交通极为便捷。这里一小时可

达上海，一个半小时可到南京，半小时可抵达无锡，三条高速公路（沿江高速、锡张高速、集疏运高速）在这里交汇；三条铁路（沪通铁路、沿江城踩铁路、通苏嘉城际铁路）在此汇合，并设立苏南枢纽；水路交通更为发达，这里有长江最大的国际贸易商港——张家港港等等。

更具吸引力的是这里的软环境，早在1995年，中宣部、国务院办公厅就联合在张家港市召开全国精神文明建设经验交流会，"团结拼搏、负重奋进、自加压力、敢于争先"的十六字"张家港精神"和"张家港经验"走向全国，全国各地来参观学习的代表们一走进张家港，第一感觉就是"干净"。他们早在1990年就开始争创国家卫生城市活动，市民素质和文明水平大幅提高，1994年就被全国爱卫办命名为国家卫生城市，此后再接再厉，逐步实现国家卫生城市，国家卫生镇、省级卫生村的"满堂红"，城乡环境卫生长效管理机制得以形成并逐步完善。

最让董事长徐文灏、总经理徐明强动心的是，这里的保税区，张家港保税区是中国唯一的内河港保税区，这个刚刚批准设立的保税区设立在长江南岸的金港镇，这是一个环境优美的城镇，被称为"美丽大金港"，这里有大片可供开发使用的土地，资金扶持及投融资政策、税收政策、人才政策等各项投资政策优惠，供电、供水、供气、污水处理、消防、通讯等设施一应俱全，且服务优质。企业可利用保税区内的海关保税的独特条件充分进行国际贸易，保税仓储，出口加工等商务活动……

"众里寻他千百度，蓦然回首，那人却在灯火阑珊处。"他们终于找到了心仪的投资宝地。

叔侄俩当即决定：就在这里！就在金港镇！就在金港镇的保税区！并且加大投资。

后来的事实有力地证明他们的选择是具有战略眼光的，此后张家港市先后获得了全国文明城市、国际花园城市、国家卫生城市等称号，并获得联合国人居奖，2016年6月5日，首届中国生态文明表彰暨生态文明建设座谈会在北京召开，张家港市被授予首届"中国生态文明奖"先进集体称号，是省内唯一获此殊荣的城市。被福布斯杂志评为中国大陆最佳商业城市。

三

董事长徐文灏返回台湾，继续经营他在台湾南投市的工厂，他留下了徐明强和他的团队，留下他兴办企业的6个字的准则"诚实、守信、守时"。

经过紧张的筹备，2001年，占地面积76418平方米的工厂开始动工建设，第一期工程要建三栋厂房，建筑面积14500平方米，投资额达2500万美金（时值人民币两亿元）。

土建、设备安装调试、招募员工、原料采购、业务洽谈、开发国内外市场等所有的担子一起压在了徐明强——这位不满三十岁的文弱书生的肩上。他和他的团队废寝忘食地工作，当地政府也给予

海州湾的阳光

了诸多方面的支持，但始料未及的困难还是接二连三地出现了。

先是人手不足。台湾长年温热的气候与这里的四季分明有着明显的不同，生活条件也有着较大的差异，同来的六人中，不少人是拖家带口来的，他们对这里的环境不太适应，加上孩子幼小，特别是饮食的不习惯，于是他们就陆陆续续地返回台湾了。在不到一年的时间里，只剩下总经理徐明强一个人。创业刚刚开始，厂里各个环节都急需人才，怎么办？

更让人焦虑的是：因保税区成立时间不长，一开始主要是针对贸易业务的，而对于生产制造型企业的有关法规尚不完善，泰亿机械工业是第三家进入保税区的生产制造型企业，大量的原材料和产品需要进出保税区，操作起来非常困难，手续繁复，尤其是海关、国检、国税等部门对保税区内的报关、报检，以及出口退税的管理规定不一致，由于这些部门之间的管理规定没有进行必要的协调整合，因而企业在办理相关业务时出现了问题，最终使得企业的出口产品不能享受出口退税的优惠。同时，由于手续繁杂等原因，区外的材料供应商对区内的加工企业的合作意愿大大减退。有的甚至终止了合作业务……

怎么办？

"三分靠打拼，七分靠聪明。"

年富力强、精力充沛的徐明强凭着他的聪明才智和他在大学期间所学的组织学、管理学、经济学等知识有条不紊地对这些难题进行破解。

人才缺乏，立即培训。他们面向全国进行招聘，根据他们的专业特长和经历，被录取者分配到各个重要部门，要求他们立即熟悉情况，尽快进入工作状态，边干边学，不懂之处、业务难点集中提出，然后由总经理和团队的骨干有针对性地进行培训，好在总经理对各个层面各个生产环节都非常熟悉，有些技术还是他的强项，在业内处于领先地位，比如：铝合金车焊接、金属烤漆工艺等，这种现场培训，收到了"短、平、快"的效果，在没有外聘一位专家的情况下，在总经理的严格要求下一批应聘者很快地掌握了专业技术，成为企业的骨干。

更大的难点还在保税区：进出区手续繁复、操作困难；按规定企业产品出口可退税，但实际上此前保税区出口企业一直无法退税。

一般说来，企业对于海关、国税等部门下发的红头文件只有坚决执行，即使有些不合理之处也只能逆来顺受，有谁愿意耗费大量精力去翻阅海量的文件去据理力争？

徐明强就偏不信这个理，他年轻，有精力，有文化，有专业知识，思路清晰，为了企业的发展，也为了那些正准备进入保税区的生产型企业，他决定据理力争。

他把找来的海关、国检、国税等部门相关的所有文件，仔细通读后进行了认真的梳理，又把每一单位的区内实际操作规定做成流程图与关联图，这些图无论是业内还是业外人士，都能一目了然，通过这些图便可发现很多相互矛盾之处。

带着这些资料，他向上级各部门逐一帮助，请求保税区管委会进行整合协调，解决矛盾。徐明强的意见不但引起了管委会领导的高度重视，也让他们对这位年轻的总经理刮目相看：是啊，这些专业性极强的工作本该由管委会的专业人员来做啊，徐明强却能做得如此专业。

很快，在一位副市长的主持下，由保税区管委会召集海关、国检、国税等相关部门举行会议，专门讨论协调、整合相关规定，由于徐明强先期做了大量的准备工作，解决问题的方案水到渠成。

比如：企业产品国税出口退税是依据海关签发的退税黄联，但保税区内海关只能签发出境备案清单，无法签退税黄联，这就造成出口企业一直无法退税。现在的解决方案是：企业产品出口凭区内备案清单与离境报关单就可以申请到出口退税了。

终于，泰亿机械工业（江苏）有限公司成为保税区内第一家取得实质退税的企业。这也为以后进入保税区的生产制造企业扫清了障碍，提供了出口退税的便利条件。

四

总经理徐明强始终在关注自行车潮流的变化。

我国曾被誉为"自行车王国"，早在二十世纪八十年代，我国的自行车保有量就达到了 5 亿辆之多，然而随着时代的变化和经济的发展，各类型号的汽车逐渐代替了自行车，曾经通畅的马路变成到处拥堵的"停车场"。与此同时，西方发达国家却越来越重视自行车。比如丹麦，这个社会福利优厚、文明发达的国家已成为真正的"自行车王国"，在丹麦，从 10 岁的儿童到 84 岁的老人都在骑车，他们平均每人每天骑车 1.6 公里。这个只有 550 万人口的国家，居然有 400 多万辆自行车，几乎是人手一辆，而且大城市自行车的使用量比例远远超过小城市，而且骑车人数持续增长，2013 年首都哥本哈根的骑车人数比 2012 年同期增长 35%。

丹麦人骑车出行不仅是为了代步，也不仅是锻炼身体，他们更多考虑的是出于环保意识。丹麦政府为了鼓励人们骑车出行，想尽各种办法，比如政府严格规定汽车按排量上税，排量越大的汽车，上税就越高；再比如，哥本哈根市政府修建了很多自行车道，地铁和轻轨火车上有允许乘客携带自行车的车厢，地铁站、居民区、商店超市旁、酒店及政府机构前，都有自行车停车场。

徐明强强烈地意识到，无论国外还是国内，自行车市场潜力巨大，而且会越来越大。他首先对国内自行车企业及市场进行深入的分析，认为大陆自行车生产和配套企业第一批在深圳落户较多，主要是加工企业，其产品销往欧洲市场，产品开发较广，走高端产品路线，其中一部分台资厂是通过将自行车零配件回销台湾母厂后再组车出口欧美市场。第二批自行车企业在昆山建厂，这些企业主要市场在欧美和日本，随着欧、美、日本自行车业的快速发展，一些知名品牌的自行车都想在配套、成本等有相对优势的中国大陆寻找代工的合作企业。因此，泰亿公司作为新建厂就有很多的机会。

机不可失!

徐明强通过一系列的调查分析,毅然决定把公司定位于生产中高档自行车的企业。不走卖场销售的老路,而是实行以专卖店带动终端市场销售的模式。

他迅速地建立起技术、生产、销售团队,并指定专人对国际市场进行综合考量和分析,尤其注重中、高档自行车的新技术、新工艺,追踪新的市场。随时根据对市场的了解与客户的真实需求,提供专业的自行车设计资源,协助客户共同开发新的产品,在国际市场上寻找可以长期合作的伙伴。

皇天不负苦心人。到2007年,他们终于赢得日本与俄罗斯两个重要客户的信赖,并签订了长期的合同,公司进入稳定的发展时期。

徐明强是个认真严谨的人,无论是工作还是生活,凡在泰亿公司工作过的或和徐明强打过交道的人,包括他的夫人,都说他对工作的态度就像他始终不变的发型一样———一丝不苟。不管是哪个环节,他都要求精益求精,产品稍有一点瑕疵,都不能过关,公司越是发展顺利,他就越加小心谨慎。

他经常对企业的员工说:"要做好产品,先学会做人,产品代表一个企业(或一个人)的性格,一个工厂所生产的产品必须对社会负责。做产品要有企业道德和社会良心。"在他的长期熏陶下,公司员工们对产品、人品和社会责任的统一达成了共识。

就在这一时期,由于国际国内行业形势不好,利润严重下降,有的企业为降低成本来开始降低产品质量，在配套选材上采用次质配套产品。徐明强却认为：成本上涨是市场大环境的原因，他牢记董事长的叮嘱：诚信是生存之本，企业要想生存和发展，此时越要坚持原则，恪守质量第一、对客户负责的信条，做好每一辆自行车。

谁都知道，自行车车架质量的优劣直接关系到整车的质量，年轻的徐总没有为降低成本在市场上直接购买廉价的车架，而是一如既往，坚持顶住高成本的压力，把好每一生产环节，自己精心生产。在焊接工艺上，为增加车架的整体强度与美观，他们将传统的鱼鳞焊接改成平焊工艺，虽然成本大大增加，却受到国外客户的欢迎。由于产品的质量、品种尤其是口碑的大幅提升，公司的销售业务在国外市场迅速拓展开来，市场由日本、俄罗斯扩展至美国以及台湾地区和非欧盟国家。一家日本客商极其认真地在中国大陆考察了多个企业，在考察泰亿公司时，他们为泰亿公司的严谨认真的工作态度和追求卓越质量一心为客户着想的责任心所折服，毅然将一款全碳纤维的自行车放在泰亿代工，并且给出了每辆车代工价格1000美金。

同样是由于泰亿公司的生产技术的专业与质量控制的严谨，2005年，日本本田公司开始委托他们生产机车计算机训练模拟机金属零件，这一高利润产品他们一直为客户生产了8年之久，并且还将扩大生产，向欧洲和东南亚市场销售。此间金融危机曾席卷欧美，市场虽然受到冲击，但泰亿公司的产品由于有良好的信誉而没

有受到太大的影响，反而得到快速的发展。

五

在多年为欧美等知名品牌代工的过程中，徐明强强烈地意识到，企业要进一步发展壮大，必须有自己的品牌！拥有自己的品牌，与世界知名品牌竞争，是他朝思暮想的愿望。

2010年凭借他们长期积累的自行车专业制造技术，凭借着多年为欧美、日本、俄罗斯等企业代工的经验，经过周密而严谨的策划和各项工作，泰亿公司终于在8月份这个火热的季节推出自主品牌"MADISON"（马帝神）系列中高端运动型自行车。

"马帝神"系列产品全部使用轻量化铝合金车架，并且一律采用先进的平焊生产工艺。爱美之心，人皆有之。为了满足骑行者与大众的美的视觉享受，他们专门聘请国际上享有盛誉的一家知名策划公司，对"马帝神"进行车辆整体的美工设计，在强调产品的各项优越性能的同时，更增加了产品与众不同的设计美感。产品一上市，就引起了行业的关注和消费者的欢迎，相关媒体也不期而至，各类新闻报道接二连三。

然而，成功后的他没有止步，就像他每天都骑着自己生产的自行车上下班一样，永远都在通往巅峰的路上，经过进一步地研发创新，他们很快地又推出两个崭新的品牌——"石酷马"和"石破天惊"，并迅速地打开了市场。

六

　　笔者曾在日本旅行数月，无论是在平原宽阔的大道，还是在崎岖山间公路，甚至是人烟稀少的北海道，随时都会遇到不以代步为目的的骑行者，他们或三五成群，或一人独行，身负行囊，风雨无阻，奋力前行。他们那种坚忍的意志和健康的体魄让人心生敬意。那里的年轻人不以豪车来炫富，却以运动竞技、放飞激情的山地骑行为时尚，因而带动了运动型山地车日新月异的发展，一种全新的速降山地车应运而生。

　　2004 年，由日本 HONDA 公司研发并手工打造出速降自行车，该车完全颠覆了传统山地自行车，一改过去平衡性差，避震水平低，外装变速器等 50 年间谁也没有改造过的结构，采用革新式变速机、高性能避震器和最为先端的革新式车架等，使可操作性、案例性大幅提高。与专业选手使用该车参加世界 UCI 速降车比赛和日本国内比赛连续三年获得冠军，国际媒体和自行车杂志广为宣传，该车一时大为轰动！世界速降车专业选手特别是无数的车迷们都期待着该车能够量产，日本公司也乘机准备对该车进行改造和提升，并决定 2007 年将该冠军车款定案量产。

　　日本 HONDA 公司当即就开始了他们的考察，他们先后考察了台湾等地的几家知名的自行车厂，并重点考察了他们的组车厂和

车架厂，泰亿公司认真严谨的工作态度和力求质量卓越的精神赢得了他们的信任，他们最终决定，和泰亿公司合作共同开发量产 HONDA RN01 世界速降赛冠军车。

聪明的企业家不会放过任何一个机会。开发试产开始后，日本 HONDA 公司派来 HRC 竞赛车技术团队 6 名成员长驻泰亿公司，他们分别是冲压成型专家，锻造加工专家，焊接专家，热处理专家，表面处理专家和企划专家。这些专家对泰亿公司的制造工艺设计等各个关键工序进行严格认真的技术指导，徐明强抽调精兵强将组成一个技术团队予以配合，要求他们严格按照专家们的要求做好每个环节的工作，特别是一些关键技术和特殊工艺要学到手，而且要熟练掌握。经过一年的合作开发，他们共同完成首批 30 台世界速降赛冠军车车架，泰亿公司也因此大幅提升了技术水平和管理水平，在国际市场上赢得了更多的赞扬之声。

机会总是青睐哪些有准备有远见的人。冠军车车架的成功打造让徐明强深深地感受到：在飞速变化的时代面前，企业要想发展壮大，永葆青春活力，就必须走差异化创新发展之路。

为此，徐明强和他的泰亿公司更加注重学习世界先进企业的开发设计能力、质量管理方式，他们将先期积累的资本购买这些企业的先进技术，购买先进的生产设备，检测设备，为企业走差异化的创新发展之路奠定了坚实的基础。

然而，有了基础并不代表一定会成功，还要有挑战困难的勇气和毅力。欧洲一位客商一直想在大陆找一家代工企业，生产一款全新的专利型折叠自行车，可是一直未能如愿。当时他找到徐明强，希望泰亿公司能为他们代工生产，徐总了解到，这种自行车颠覆了传统的折叠和造型方式，在生产制造上有较大的难度，加上当时厂里的生产任务很紧，他就婉言谢绝了，他为这位客商介绍了两家国内知名的自行车企业，让他去直接洽谈。谁知两年后，这位欧洲客商再次找到徐明强，他十分真诚地说，在过去的两年中，他找到的代工企业，要么是无法生产，要么是生产出的产品不合格，因而至今未能找到中意的合作伙伴，他还是希望泰亿公司能与他合作。

怎么办？继续谢绝，当然可以。此时的泰亿已进入稳定发展时期，不缺订单，不缺市场，日子还是很好过的；接下这块硬骨头，那就意味着自讨苦吃，徐总想，我们身处张家港，也应该有点张家港精神不是？张家港精神不就是"团结拼搏，负重奋进，自加压力，敢于争先"吗？他仔细地分析了公司目前的生产工艺条件和生产能力，特别是通过冠军车的打造成长起来的技术团队的状态，他感到，只要是我们用心对待，认真攻关，克服困难，是完全有能力拿下这款产品的。他与公司的一班人反复商讨，最终决定接下这款按键式、垂直方向折叠的世界上最先进的折叠自行车订单。功夫不负苦心人，彩虹总在风雨后。经过全厂职工的共同努力，2013年7月，这款世界上最先进的折叠自行车终于开始大批量生产，并畅销于欧洲市场，欧洲客商非常满意，随即决定与泰亿公司进一步合作，开发该款电动折叠车，并打入国内市场。

差异化创新发展为公司赢得越来越好的信誉，公司发展的路子也越来越宽。徐总认为，越是在这个时候，越要保持清醒的头脑，研发创新的脚步一刻也不能停留，要时刻关注市场需求，研究消费者心理，要真正地为客户着想，研发制造出消费者更加满意的新产品。

一家日商的一款三轮自行车，原来的样式是将两轮置放在前面作为方向轮，骑行转向时很重，骑行者很不方便，泰亿公司的技术团队向日商提出合理化的修改意见，建议将两轮放在后面，并为每个后轮作了工艺上的改进，使得每一个后轮在行进过程中，都可以随着地形的改变而纵向任意改变高度，以达到保持车辆行驶中的平稳性能，这一建议很快得到日商的肯定。经过多次实验，这种在世界上较为先进的三轮自行车终于从实验室走上组装线，泰亿公司又增添了一个新的高端自行车品种，新产品带来高价值，差异化创新发展越来越显示出健康的生命力。

七

采访中，企业的员工说，我们徐总差不多就是一个完美的人；有位女工说，我们女工私下议论，说要嫁就嫁徐总这样的人。开始我以为这可能是恭维话，经过几天的采访，我才感受到他们的话是心里话，决非溢美之词。

初见徐总，仪表堂堂，既沉稳儒雅，又不苟言笑，不怒自威。通过进一步的接触了解，才发现他内心的柔软，负责采购和生产计

划管理的郁女士说，我是 2006 年来应招面试的，第一印象是他的发型，一丝不苟，十多年来一直是这样，如同他对工作的态度。在工作上，他对下属要求非常严格，生活上甚至是个人的情绪上都非常关心。他常说，你们哪位遇到不能解决的困难，就不用一级一级地反映了，直接和我讲，我会尽力解决的。我个人哪方面做得不好，你们也可以直接向我指出来。有一次，由于种种原因，我的工作任务没能按时完成，徐总把我训哭了，事实上我很努力了，我感到委屈，情绪非常低落，想找徐总帮助分析原因，又怕老板说"我只要结果，不听过程"，心里很矛盾，谁知徐总主动找我了解情况，分析原因，他耐心地听我说清原委，知道问题不是我不努力，而是供应商的问题，于是，他亲自出面协商，最后圆满解决了问题。郁女士说，徐总有时候像一位强势的老板，有时候就是一位普通的工友，生产线上一旦有了问题，他总会及时地出现在第一线，用他的常识和经验，和大家共同研究解决问题。他经常和员工讲，和任何客户打交道，包括有求于我们的供应商，一定要讲诚信，只要是答应好的，就一定要兑现，有困难也要想办法克服。有时候给供应商付款，由于正好遇到节假日，就会顺延一两天，他特别嘱咐财务人员一定要和供应商解释清楚。这么多年，从未拖欠过员工的工资。公司的员工都知道，徐总不抽烟，不喝酒，没有任何不良嗜好，除特殊情况，几乎每天都是从家里到公司，两点一线，骑自行车上下班，下班后不出门，在家陪夫人，给孩子洗澡，有时陪夫人去菜场买菜，星期天陪两个孩子骑车，打篮球……你说，哪位姑娘不想嫁这样的男人呢？

徐总的夫人小蔡是台北人，是位知书达礼的贤妻良母，她本来也有自己的事业，和徐明强结婚不久，就放弃了自己的工作和优越的生活，陪丈夫来到完全陌生的张家港，面对诸如气候、饮食、环境等种种不适应，小蔡没有动摇，而是选择了与丈夫同甘共苦。她说，台湾常年温热湿润，而这是四季分明，夏天很热，冬季又很冷，一日三餐就是个问题，每天都不知道下一顿饭该吃什么，这里的食堂的饭菜和台湾完全不一样，很不习惯。我们开始自己买菜自己做，从台湾带来一些调料，根据自己的口味自己调，好在我们一直实行简约生活，省时省事，留出更多的时间可以读读书。现在觉得在这里很好了，可以享受春、夏、秋、冬四个季节不同的气候，生活也很方便，环境也越来越好，加上有互联网买什么都方便。

说到这里，小蔡舒心地笑了，她接着说，明强从小生活在农村，有一颗纯朴的爱心，他爱父母，爱孩子，爱工作，爱员工，爱客户，他喜欢听老人唠叨，一到小长假，就带着孩子回家看望老人，他爱吃妈妈用竹叶包的粽子，他说有一种特有的清香。我们两个男孩，相差一岁，都是自己带，没请保姆，明强看我为了支持他放弃了以台湾的工作，为家庭做出了牺牲，心含愧疚，无奈地和我开玩笑说，"你跟着我快要变傻了！"我们相视一笑。他白天紧张地工作一天，晚上回家还给孩子们洗澡，半夜还要起来给孩子冲牛奶。孩子上学后，星期天他就陪孩子玩，骑车，打球，做运动。他太爱他的工作了，每天下班回家，稍作休整，就打开了计算机，继续他的工作，有时要忙到1点多，我劝他早点休息，他说这时候正是美国的工作时间，正好和他们联系。否则要耽误半天的时间。他的手机二十四小时不关机，我说你不关机，我们睡着了，你手机一响，不又把我们吵醒了吗，他说手机关了，万一公司或客户有什么急事，怎么办？那就改为振动吧。

八

　　以爱心为驱动，用不断创新的思维和高尚的道德标准打造一支高素质的队伍，推动企业的稳定发展，是徐明强多年来一直坚持的理念。

　　或许，徐明强就是一位天生的职业经理人，他思路清晰，逻辑严密，知识广博，语言表达准确，他在大学就是优秀学生，学习过国际贸易、银行会计、成本会计、商业心理学、组织行为学、工业工程、企业管理等。他深知在当今这个知识爆炸的时代，科学技术日新月异，作为一个企业的领导者需要不断地学习，丰富知识，更新知识，提升个人素质，提高对新事物、新动向的判断力和应变能力，提高决策水平。他在繁忙的工作之余，抽出时间参加清华大学工商总裁班的学习，以优异的成绩取得结业证书。泰亿公司一直订单充足，生产线满负荷运转，尽管如此，徐总一直坚持每个月用一周时间从台湾请专业顾问师对干部进行TQM知识培训，提高干部群体素质、执行能力和管理能力；每月召开一次公司质量改善评比

会，让各组将本组的改善成果帮助发表，再由各部门评比打分，评选出优胜小组，并给予精神和物质奖励，大大提高了每个员工的责任心、积极性和工作效率。

最让员工们点赞和期待的是每两个月一次的由徐总主持召开的全体员工大会。会上不谈生产，而是徐总和员工们互相"侃大山"。会前，徐总作了充分的准备，收集了各种资料，比如：国际国内形势、科技发展新成果、互联网、大数据、云计算、电商、一带一路、智能制造、智慧工厂等等，还比如：健康养生，家庭生活、人生哲理、道德操守、微信段子、情感体验等等，先由徐总开讲，然后员工自由发言，大家见仁见智，畅所欲言。员工们不仅开阔了眼界，增加了知识，而且心情舒畅，心中充满了正能量，增强了责任心。有一次，一位女工登台发言说，过去我的家庭生活很不愉快，经常为一点小事和老公发生冲突，动不动就恶言相向，心情非常郁闷，感觉生活没意思，听了徐总的发言，我的心态有了很大的转变，觉得夫妻之间应该互让互敬，互助互爱，向善向上，不能再像以前那样，动不动就口出恶言伤害对方。现在工作一天下班回家虽然很累，但看到老公在忙家务，就先感谢他一番，然后主动去帮助他，体贴他，给他端上一杯茶，说些暖心的话，老公就非常感动，现在，我们俩的感情越来越亲密，心情也越来越好，每天感觉心中充满了阳光，工作起来也更有劲头。有的职工说，徐总经常教育我们要自律，要注重自己的形象，比如不乱丢垃圾，骑车时不管路上有没有车行驶，都不要闯红灯，不要逆向行驶等等，徐总为了

检验教育效果，下班时还经常悄悄地跟在我们后面，看看我们到底遵守得怎么样，他的苦口婆心感动了员工，现在大家都能自觉地遵守各种规章制度，个人素质和公司的形象都有很大的提升，不仅避免了各种意外事故的发生，还获得当地群众的普遍的好评，"马帝神"的服装已成为一张深受人们尊重的社会名片。

这一切都源于徐总炽热的爱心，这一爱心在泰亿公司产生了强大的凝聚力，公司的大部分骨干都是和徐总一起创业了十几年，无论是公司顺利发展时期，还是公司的困难时期，员工们没有跳槽的。这一爱心同时还惠及了地方政府的公益事业和社会慈善事业，张家港市政府为公司颁发了"誉满港城"慈善捐款的荣誉奖等各类奖牌，他们更是将推广传播自行车文化视为己任，先后组织和赞助国内有影响的自行车赛事，如："华西村全国山地自行车赛""海南'车迷节'""环太湖自行车大赛"等等，不仅推动了运动自行车事业的蓬勃发展，也进一步树立了公司的良好形象，增加了品牌的含金量。

今天的泰亿公司，已从一家默默无闻的小工厂发展为一家集车架锻载、焊接、皮膜处理、静电喷涂等精装工艺于一体的台资组车现代化企业，专业生产高端运动型自行车为主，包括：竞赛型公路自行车、速降车、山地自行车及高端 BMX 等，年产能力 40 万台，基本上全数出口，业务范围覆盖全球，产品从未因质量问题而被退回或召回（美国等多家公司都发生过因坚固件断裂而被召回的事件）。

海州湾的阳光

　　在徐总并不宽敞的办公室里，摆放着两辆他们的产品，一辆是他每天上下班骑行的工具，另一辆则是叱咤世界多个顶级赛事的冠军车——HONDA 山地速降自行车，它是泰亿公司的光荣和骄傲，它记录着泰亿公司和日本 HONDA 公司多年的合作成果以及通过合作所获得的无形价值。一位上海客人曾想出资二十万元购买，徐总婉言谢绝。

　　随着世界经济形势的不断发展，泰亿公司和其他制造商一样，面临新的困难和挑战，如人工费、水电费的上涨，来自东南亚国家的低成本的竞争等等，但是具有战略眼光的徐明强胸有成竹，他了解自己的团队，相信企业的雄厚的基础，他更预测到自行车生产的潮流和巨大的潜在市场。他深知，自行车不再是单纯的交通工具，还是一种健身器材，自由骑行和青春体验越来越成为人们的运动习惯和生活方式，它低碳环保，更有坐在汽车里看不到的风景，绿色出行已蔚然成风。仅在日本，运动型自行车一年的销量就上涨了50%，在国内，公交车改革正在实行，越来越多的公职人员也逐渐加入了市民们的骑行大军，各类自行车的需求越来越大，市场前景一片光明。

　　还是那句老话：机会总是青睐有准备的人。在采访即将结束时，徐总满脸欣喜地告诉笔者，凭着卓越的质量和良好的信誉，他们刚和美国一家全球知名的大公司洽谈成功，合作开发生产一种新型产品。这将给泰亿公司带来一个新的飞跃，因目前尚属商业秘密，不便细说；他们扩建工厂的报告已获相关部门的批准，很快就会破土动工。年轻有为的徐明强将带领他的高素质的团队攀登新的高峰，他们将生产出更多优质、高端、时尚的运动自行车，让时代放飞激情，让青春骑行天下，让我们的地球更洁净，让我们的生活更美好！

2016.8.10

南京

原载凤凰传媒集团江苏文艺出版社《两岸家园》

荆棘花环

棘荡不是芦苇荡，江南的芦苇荡鱼肥水美，而这里的棘荡却是一个长满尖刺的荆棘围成的洼地，荒僻而闭塞。

他不怕刺痛，不怕流血，带领村民用坚韧的生命将满是尖刺的荆棘编织成一只绚丽的花环，高悬于江苏的北大门，让来来往往的人们惊羡它的壮美！

他的精神光芒照亮了这个曾经的穷乡僻壤，村民们的心里越来越敞亮。省委书记半年内五次为他"点赞"，他当之无愧地当选二〇一七年度的"时代楷模"和党的十九大代表。

一、穷乡僻壤

江苏有个赣榆县（近年才改为连云港市赣榆区），地处江苏最北端，东临海州湾，而西面、北面都与山东接壤，该县的地形如同中国地形的一个微缩版：东部滨海，中部是平原，西部则是山区。

西棘荡村地处赣榆的最北端，与山东日照的岚山区仅一河之隔。村子东面虽然与沈海高速和204国道相切而过，但由于没有连接线，两条平行的大道与村子没有多大关系，进了村子如同进了"口袋"。

一九五三年之前，赣榆县归属山东省临沂地区，之后划归江苏省。此地北受齐鲁文明，南融江淮风韵，享山川之饶，受渔盐之利。在周边地区中，历来算得上是一个富裕县。

而西棘荡村却不靠山，不靠海，又不是平原，只是一个或丘陵或洼地的荆棘之荡，贫穷、闭塞、荒僻。用当地老百姓的话说，是被人遗忘的"胳肢窝"。

"胳肢窝"村世代贫穷，四周没有一条像样的路。进村的唯一小道晴天是高低不平的"搓板"，雨天则满地烂泥，若是骑自行车进村，晴天颠屁股，雨天只好"车子骑人"了。

村子的洼地四周生长着一种从根到梢都长着尖刺的荆棘，如果气候适宜，它还能结出像橘子一样的果实，老百姓叫它"球卯子"，

古代叫作"枳",也就是《晏子春秋·内篇杂下》中所说的"橘生淮南则为橘,生于淮北则为枳"的"枳",它又酸又臭,不能食用,孩童常常拿它当"手雷"互相掷来掷去。而荆条除了当篱笆之外,百无一用。

因为贫穷,这个村历来有"两多":一是讨饭的多,一年四季都有人外出讨饭,特别是每年青黄不接的时候,外出讨饭的人就更多了;二是光棍多,村里的姑娘都嫁出去了,可哪个姑娘愿意嫁到这里来讨饭呢?

一九六九年十二月,钟佰均就出生在这样一个村庄里。他的父母和村里人一样,都是勤劳善良的贫穷农民。童年的钟佰均在贫穷中长大,到他读中学时,就感到自己再也不能让父母为他上学而辛苦操劳、省吃俭用了,他要用自己的劳动来改变贫穷,让父母亲过上好日子。所以,他丢下书本,外出打工了。

穷人的孩子能吃苦。钟佰均第一次远行,来到县城郊区的一家养殖公司,这位高高瘦瘦的小伙子很快就全身心地投入了工作。他非常珍惜这份来之不易的工作,起早贪黑,加班加点,苦活重活抢着干。他把公司的事情当成自己家里的事情,工作认真负责,一丝不苟,任劳任怨,很快得到了大家的认可和公司领导的信任。随着公司业务的拓展,他的工作业绩也越来越突出,同时,这也给他带来了不错的经济收入。从那时起,他的家庭生活就有了很大的改善。他和本村的姑娘王均莲结婚后,女儿、儿子相继出生,日子也越过越好。他们家在村里第一个买了摩托车,第一个买了拖拉机,第一个盖了新房。他在公司又被提拔为中层干部，并且光荣地加入了党组织。

二、临危受命

凭着自己的辛勤劳动，钟佰均家里日子越过越红火。可是，如何才能彻底改变西棘荡村的落后面貌？村干部、党员着急，镇党委领导更是着急。

得知年富力强的钟佰均在外地打工入了党，而且为人正派，积极上进，又有创业精神，村干部和党员多次登门劝说，请他回村，镇党委也提名推荐他回村任党支部书记，带领村民脱贫致富。

面对村里的党员、干部和村民们火辣辣的期盼，面对上级领导的信任和支持，他还能说什么呢？更重要的一个原因就是：年轻人渴望成就一番事业的雄心壮志，让钟佰均暗暗下了决心。

听说钟佰均要回村任支部书记，家里所有人一起坚决反对。

钟佰均是土生土长的西棘荡村人，怎么会不知道村里的状况呢！

他知道，村里穷得出了名，生产任务完不成，公粮都交不上，水利工程任务没人干，村里集体负债十七万元，村支部、村委会基本瘫痪。

家人的担心不是没有根据的，钟佰均完全可以婉拒大家的请求，继续打工挣钱，让家里的日子过得更好。可是，既然他是一名

共产党员，就不能只考虑个人的得失。自己的日子是过好了，可看着乡亲们还在受穷，吃饭都不香，睡觉都睡不好呀！"为人民服务"不能只挂在嘴上，还是要脚踏实地去践行呀！

终于，这位从小就被众人夸赞的大孝子，第一次违背父母的意愿，勇敢地挑起了村支部书记的担子。他语重心长地对家人说："组织上信任我，培养我。我年轻，总得为乡亲们做点事情吧。我知道很难，干，可能会碰得头破血流；但是如果都不干，咱们村就可能永远贫穷。我相信只要能找出一条好路子，我们村一定能拔掉穷根！"家里人依然担心，但看到他决心已定，也只好鼓励他去试一试了。

一九九八年初，钟佰均辞去了收入丰厚的工作，上任了。

他找村里的党员、干部们推心置腹地谈心，走访村民，了解情况，倾听他们的呼声和建议。在广泛调查研究、征求意见的基础上，多次召开支部会和村委会，研究如何解决目前村里存在的主要问题。

他们决定先从村民最为关心的问题开始。

村里最主要的资源是土地、河滩等，当时，谁能以低价承包，谁就能获得较大的利益；此外，政府下放的救济粮、救济款的分配，低保补助等等，也都是大家关注的问题。

钟佰均当即决定：

一、立即废止严重不合理的承包人的承包合同，公开、公平、公正地清理各种经济关系，建立公开透明的村规民约和财务制度。

二、筹集资金，开挖大口井，解决农业灌溉缺水的问题。西棘荡村虽然是洼地，却存不下雨水，农业生产基本上靠天吃饭，解决农田灌溉用水，确保旱涝保收是当务之急。

三、试种美国红提葡萄等经济作物，提高农业收入。

然而，前进的道路到处都是荆棘。

三、披荆斩棘

民怨沸腾的承包合同被废止了，各种经济财务制度和村规民约建立起来了，村民办事不用往书记家里跑了——因为钟佰均规定，村干部办公一律到村部，村民办事也一律到村部公开办理，而且拒收任何人的任何礼品。

这些新的举措，让村民们纷纷点赞。

可是，那些利益受到损害的"硬茬"，却对钟佰均怀恨在心。

一九九九年六月二十五日晚，操劳了一天的钟佰均正要休息，突然听见有人拍打大门。门一开，就闯进来四五个壮汉，将他团团围住，其中一个壮汉操着外地口音问道：你就是钟佰均？钟佰均说：我就是。那人不由分说，猛地一拳，朝着钟佰均的面部打来，钟佰均猝不及防，拳头重重打在了他脸上。钟佰均的妻子听见声音，披着衣服跑来，见几条大汉正在殴打丈夫，就大声叫喊，钟佰均的母亲和邻居闻讯赶来。

那帮人见势不妙，为首的说了一声"撤！"一下子跑没影了。

此时，钟佰均才感觉到上唇火辣辣的疼痛，随手一摸，满手鲜血。后经医院诊断，左上唇穿透性损伤。从此，他的唇部留下了永久的疤痕。

那段时间，钟佰均每天早晨一开门，就能看见一张张传单，有的贴在门上、墙上，有的撒在地上，内容都是要钟佰均少管闲事，否则就要他的脑袋！有的传单还威胁到他正在上学的小女儿，小女儿本来就因为爸爸当了书记只顾工作而失去了很多父爱，现在就觉得更加委屈和害怕了，她哭着央求钟佰均："爸爸，求求你，你不要再当这个书记了！"

钟佰均心里五味杂陈。令他心痛的事又接连发生：县里为表彰西棘荡村经治理初见成效，颁发了"文明村"的奖牌，谁知牌子刚一挂出，就被人给砸了！

大口井的挖掘也不顺利。

钟佰均听村里的老人讲，村西的一块洼地那儿，曾经有一口古井，而且水量不少，现在虽然干了，但说不定下面还有水源。钟佰均想，这儿地势低洼，即使挖不到水，四面开渠把雨水引来，做个蓄水池也能解决一部分缺水问题。

他带领村里的党员干部集资近万元，召集村里的青壮年劳动力，买了打井工具、帐篷、粮食，吃住都在工地。租不起大型机械，他们就一人一把铁锹地干。妇女们也前来助阵，帮助抬土、做饭。他和村民们轮流作业，因为大口井的挖掘不能中途停工，必须连续作业，否则挖好的井就有可能坍塌。

一天、两天、十几天过去了，井越挖越深，但就是不见出水。村民们又苦又累，个个晒成了"黑泥鳅"。

有人灰心了，有人开始埋怨了，这么多天还挖不出水来，这不是劳民伤财吗？

钟佰均也感到了压力，难道这儿真的打不出水吗？他再次请教村里的老人，确认这里过去的确有一口井，有井就有水，他相信古人的智慧。

三十天过去了，井越挖越深，但还是没有水。

四十天过去了。

五十天过去了。还是没有水。

每天都在工地、每天只睡四个小时的钟佰均筋疲力尽，几乎快要崩溃了，温顺贤惠的妻子每天做好饭等着他，但总也不见他的影子。

下雨了，工地不能干活了。钟佰均冒雨回家，妻子王均莲听到敲门声，跑去开门一看，只见丈夫淋得像个落汤鸡，就没好气地对他说："你愣呀？下雨天也不早点回家？"没等她把话说完，从不对妻子发火的钟佰均终于爆发了："闭嘴！你以为我不想回家吗？你以为我不想吃个热饭热汤吗？你以为我不想睡个安稳觉吗？难道是我吃饱了撑的？"

妻子一下愣住了，自从丈夫当了书记，她跟着受了多少委屈，但是怕丈夫操心，从来不告诉他，今天他竟然对她发火，她实在受不了了！刚想和丈夫大吵一顿，可又强忍住了。她知道大口井打了

一个多月，还没有出水，她也听到村民们议论纷纷，有的人还在背地里骂他劳民伤财，可是有谁知道他的压力大啊！王均莲想：我是他的妻子，是他唯一的避风港，他的火不朝我发朝谁发？我就当他的一个出气筒吧！想到这里，妻子的泪水夺眶而出……

最让钟佰均夜不能寐的是：怎样才能让村民富起来？自古以来，农民就是靠种地吃饭，可是村里一直是种麦子和花生，这么多年的事实证明，光靠这种传统种植很难改变目前的贫困，必须另辟蹊径。

钟佰均听说离他们不远的山东省沂源县的水果种植名声很响，就带领村干部去沂源考察学习，回来后就和村干部们一起试种美国红提葡萄。

果苗栽上了，在聘请来的技术员的指导下，红提葡萄长势很好，嫩绿的叶子间挂满了果实，大家的心里燃起了希望。

夏天的海洋季风如约而来，西棘荡村虽然不靠海边，但与海边的直线距离却很近，含盐量很高的海风不分昼夜地吹来，红提葡萄娇嫩的叶子慢慢枯萎，尚未成熟的葡萄日渐萎缩，村民们心里刚刚燃起来的希望打了水漂……

西棘荡村的致富之路可说是荆棘载途！

四、"三顾茅庐"

严酷的工作环境、严酷的现实给钟佰均带来了巨大的精神压力。然而，他不但没有被压垮，这反而激起了他战胜困难的强烈欲望。这位时年二十九岁、血气方刚的年轻支书决心用生命一搏。他坚信鲁迅先生在《生命的路》一文中所说："什么是路？就是从没有路的地方践踏出来的，从只有荆棘的地方开辟出来的。"

他把被打伤的脸裹上纱布，又风风火火地从村里忙到村外。他协调镇里的派出所，成立了边界治安联防站，重点整治村里的混乱状况。经过一段时间的联治，村里打架斗殴的现象明显减少，社会治安的乱象明显好转，村风也有了较大的改善。

投入大量人力物力的大口井挖掘，在钟佰均拼尽全力的坚持下，终于在开工之后的六十六天出水了。望着清澈的水汩汩涌出，全村人沸腾了！钟佰均的眼里饱含着泪水——苍天不负西棘荡啊！

紧接着，他又带领大家用石头把井砌好，安装上机井灌溉设备，就这样，一口直径四十米、深二十米的大口井终于建成，几百亩的丘陵地彻底告别了"望天收"的历史。

"如果只是让村民有饭吃，那我只是一个平庸的干部，我需要的是让所有村民都富起来！"钟佰均丝毫没有满足于村里现有的变化，他始终在寻找村民的致富之路。

美国红提葡萄种植的失败，一直是他心中的痛！

究竟路在何方？一时致富无门的钟佰均就是走在路上都在考虑这个问题。

一天，他在邻近的渔村办事，看到有人收购废旧的渔网。他想，这又破又脏的旧渔网有什么用？随着沿海渔业的迅速发展和渔

网材料的升级换代，曾经"三天打鱼，两天晒网"的现象越来越少，"今天网太阳，明天网海洋"的诗意描绘只剩下"网海洋"了。废旧的渔网越来越多，若不集中回收，将会对环境造成严重污染，若是随意丢进大海，遭遇废旧渔网的鱼类生物则将面临灭顶之灾。

好奇的钟佰均经过仔细询问，才得知精明的浙江商人早就从中发现了商机，他们把回收来的废旧渔网加以清洗，就可以制成市场上的抢手货——尼龙颗粒。这种清洗加工简单易行，设备投资少，从业人员少，技术含量也不高，而且利润大。不少浙商早就从事这个行业发了财。他看到的整车整车的废旧渔网就是要送去浙江的。

为什么我们不能在这里就地加工呢？如果在我们本地回收加工，还能省去运输费用，这样利润就会更大些。钟佰均决定随收废旧渔网的货车一起去浙江探个究竟：如果能把客商请到我们西棘荡村，那不就找到了一条致富之路吗？

说走就走的钟佰均交代好村里的工作，带上煎饼大葱，搭乘运送废旧渔网的大货车，昼夜兼程，直奔浙江宁波。

经过详细的考察，钟佰均确认，这种企业西棘荡村完全可以开办，而且前景非常看好！于是，他就诚心诚意地邀请两位企业老板到自己的村里办厂。

两位老板一听说是在偏僻的苏鲁交界，路途遥远，一口便回绝了，没有丝毫商量的余地。无可奈何的钟佰均只好打道回府。

回村后的钟佰均尽管心情有些沮丧，但决心没有改变，他认真回忆了考察企业时的情景，并再次询问了废旧渔网的收购情况，再根据本村的实际情况，对在本村办厂进行了仔细测算——设备成本是多少，来回的运输费能省多少，人工费比浙江能省多少，电费能省多少，多种投资优惠政策又能省多少。测算的结果使他信心大增，利润比预想的还要大，钟佰均的心跳因此而加快！

一个月之后，钟佰均带上心中的"账本"，带上煎饼大葱，又一次搭乘货车前往浙江宁波，再次找到加工厂的老板。

浙江老板耐着性子听着钟佰均的测算：你看，你们这里的工业用电是 1.5 元一度，我们只要 0.75 元；你们的人工费是 30 元，我们只要 8 元，而且还可以省去来往的运费，我们村旁边都是渔村。此外，外地来我们这里投资办企业，还有许多的优惠政策。如果你们觉得还是不合算，设备随时可以拉走……

精明的老板仔细一算，果然大有赚头，于是，心动了。他们当即答应："好！那就先去看看。"

当请来的客商兴致勃勃地来到西棘荡村时，眼前的情景让他们的心凉了半截：村里不能通车，进村连一条像样的路都没有，工业用电也没有，预留的厂址一片荒草烂泥……

客商摇摇头，走了。

好不容易请来的客商就这样走了。钟佰均的心如同被荆棘扎了一般……

他立即召开全村党员干部大会。"要想富，先修路"，这个人人皆知的道理说说容易，真正做起来可不是那么简单的。修路？哪来那么多钱？老百姓刚吃饱了肚子，两手空空，哪里有钱修路？不

海州湾的阳光

修？难道村里要永远穷下去吗？

经过热烈的讨论，大家最终还是做出了一个决定：筹集资金，修路，修好路！至于资金来源，一是请求上级支援；二是大家勒紧裤带省出一点；三是从村集体资金里拿出一点。为了村里的发展，为了子孙后代，必须这么做！

钟佰均连夜向上级有关部门打报告申请款项；村里的党员干部也立即行动起来，动员、捐款、集资；村集体也精打细算，尽量省出一些款项……

几经周折，上级拨下来二十六万元，村民们的捐资、村集体省出来的专项款都陆续到位，工程的设计招标也启动了。

"要修就要把路修好，修得结实、美观！"精打细算的钟佰均为了既保证质量，又节约资金，经过多方咨询，决定采取村里自己买材料、工程队包清工的方式。开工后，他和村干部亲自上阵，一边监督，一边当工人，搬石搬灰，筛沙挑土。为了确保工程质量，他坚持购买高标号425的水泥，严格规范施工流程，不准有丝毫的含糊。

负责工程的承包商私下说："这个书记太抠门了！我们赚不到多少钱。"

不到两个月，一条标准的景观大道竣工了。原本一百万元的预算只用了八十万，整整为这个穷村节省下宝贵的二十万元。

望着宽敞的景观大道，钟佰均和村民们有了一个共同的愿望：这或许就是西棘荡村通向富裕的路，通向成功和幸福的路。

路通了，钟佰均继续忙碌着通电、通水。

电通了，水也通了，他又忙着为还没决定要来的客商筹建厂房。

宽敞明亮的新厂房建起来了，他再次去了宁波。

听说路通了，水也通了，连厂房都建了！浙江老板说：那就再去一趟看看吧。

当客商再次来到西棘荡村时，他们看到的果然是"三通一平"的景象，还有宽敞明亮的厂房。他们深深地为钟佰均的诚意所打动：古有刘备"三顾茅庐"请孔明，今有钟佰均三下宁波请我们，我们再也没有理由不留下来了。

终于，客商联合钟佰均等共同投资一百万元，建起了西棘荡村第一家尼龙颗粒加工厂。沿海一带的废旧渔网源源不断地运来，原本可能造成污染的废弃物，摇身一变，成为晶莹透亮的尼龙颗粒，市场上供不应求。

村民们谁都没有想到，加工厂当年就盈利四十万元！

五、雨后春笋

听说尼龙颗粒加工厂赚了大钱，而且加工厂的生意越做越红火，不少村民坐不住了，一个个跃跃欲试。

可是，这些世世代代种地的农民一无资金，二无技术，只能看着别人发财，自己干着急。就在此时，一心想带领村民致富的钟佰

均看出了他们的心思，他对村民们说：我知道你们的心情，其实尼龙颗粒加工投资很少，见效又快，利润又大，技术要求并不高。请你们放心，只要你们跟着我一起干，我保证你们很快就能发家致富，有什么困难我帮你们解决，发了财是你们的，出了问题由我负责！

村民们半信半疑，但谁都想试一试。不少人开始行动了。但是，刚一开始，所有人便都遇到了一个无法解决的难题——缺少资金。

俗话说，一分钱逼倒英雄汉。没有钱，一切都无从谈起。眼下只有一条路：到当地信用社贷款。

信用社一听说是西棘荡村的农民来贷款，很是担心：谁敢把钱贷给这个穷得出了名的穷村的村民呢？而且，这么多人都要贷款，如果到期还不上成了坏账，谁能担得起这个责任？

钟佰均来了，他说："我来担保！如果到期还不上，砸锅卖铁，我替他们还！"

终于有人拿到了贷款，兴高采烈地办起了尼龙颗粒加工厂。

村民们看到不少人贷了款，办起了工厂，纷纷来找钟佰均，请他担保贷款，钟佰均就一趟一趟地跑信用社。一年间，村民贷款超过三百万元，所有贷款户的担保人都是钟佰均。

"这人是不是个骗贷的？"新来的信用社主任产生了怀疑。

"这么多的贷款，万一出个情况到期还不上怎么办？你别再担这个风险啦！"亲朋好友都替他担心。

钟佰均却笑笑："当书记就要有担当，连这点风险都不敢承担，还怎么带领大家致富？"他依然我行我素，继续跑信用社，继续为准备创业的村民们签字盖章，担保贷款。

贷款到手，又有钟佰均的亲自指导，西棘荡村里的第二家尼龙颗粒加工厂开工了。紧接着，三家、五家、十家……不到三年时间，就有四十家加工厂开始生产了。

加工厂越开越多，电力不够了。

工厂规模越来越大，土地不够用了。

用工越来越多，劳动力也不够用了。

有困难，找书记。钟佰均没日没夜地奔忙操劳，小女儿许久都没有见到爸爸了；迟暮之年又重病缠身的老母亲也很久没有见到儿子了；母亲知道自己的时间不多了，多想和儿子聊聊心里话，可是，儿子顾不上，只能匆匆地见上一面，他实在是太忙了。

电力不足，他就不断地跑供电部门。很快，村里就新架了两条高压专线，增加了十五台变压器。

土地不足，他就带领干部党员填沟造地，利用荒废的沟渠、池塘、洼地，填平整出建设用地一百余亩。

劳动力不足，他就劝说村里外出打工的村民回村就业，并且到外村和邻近的山东日照招工。良好的服务和诱人的收入很快就吸引了大批的劳动力，每天来西棘荡村打工者超过了一千人，还有不少企业老板从山东举家迁来，落户西棘荡村。

村里的尼龙颗粒加工厂如雨后春笋，生机勃勃。全村六百多户

人家就有一百四十多家加工厂，三百户配套收购废旧渔网。北至辽宁，南到海南，全国 80% 的废旧渔网被西棘荡村收购，他们甚至因此有了收购废旧渔网的定价权。至此，小小的西棘荡村已成为全国最大的尼龙颗粒加工专业村，村民和村集体的收入年年攀升。

六、远见卓识

正当西棘荡村的工业生产红红火火之际，一场始料未及的金融危机给了他们重重的一击：尼龙颗粒的价格缩水一半，家家的库存量超过十吨，有的加工户转眼间就损失了八十余万元，整个村子的损失达到了一千多万元。

人无远虑，必有近忧。摆在钟佰均面前的困难还不止这些，作为当家人，他必须考虑得更加长远。

随着村里的尼龙颗粒加工业不断发展壮大，如何治理环境污染，让企业可持续地发展下去，为村民们提供一个良好的工作环境和生活环境？这个问题常常使他夜不能寐。虽然加工厂清洗废旧渔网产生的废水主要是海泥和盐分，不会对环境产生较大的影响，但他得知，外地已经有加工厂将其他废料杂糅在一起，废气、废水、废物的排放严重污染环境，老百姓苦不堪言。他想：我们也该提前警惕了。

由于企业发展迅速，运输量随之大增，原来的道路已经显得拥挤不堪。因此，村里决定在村北投资八百万元兴建通往山东的绣针河大桥。大桥工程已经过半，但因为地跨两省，困难重重，眼下因故停工，眼看就要拖成烂尾工程了……

这一切都让已不再年轻的钟佰均感到了巨大的压力，想维持现状或者"歇口气"的念头有时也会一闪而过。

可是，作为村民的"领头雁"，作为一名党组织的基层书记，怎么能畏惧困难，踌躇不前呢？

开弓没有回头箭！

金融危机给业主们带来的严重损失造成部分贷款到期无法偿还，钟佰均忧心如焚，他反复奔走信用社和相关部门，协调贷款降息和延长贷款期限，稳定村民的情绪，尽力保持企业发展的势头。

对于村里刚刚开始出现的轻微污染，他毅然决定未雨绸缪，上马污水处理厂，集中解决清洗渔网产生的废水排放问题，为今后的大发展提前打下基础。

在村民代表大会上，大家争论得非常激烈，不少人很不理解："我们好不容易刚刚富起来，干吗要把钱投到一点效益都没有的污水处理厂上来？"

"国家也没有要求我们这种产业一定要建污水处理厂呀！"

"建污水处理厂花费太大，建好后还要继续花钱，我们还没有到非建不可的程度，一定要建，可以再等几年。"

会议开了多次，争论依然不休……

苦口婆心的钟佰均耐心地反复劝导，从"绿色发展，造福后代"的理念，到发达地区的发展经验和教训；从眼前到未来，从国

内到国外，循循善诱，因势利导。在村民大会上，他再次分析说：
"我们村的定位是'工业强村'，我们马上还要上原材料深加工项
目，以求得更大的发展。一旦上了新项目，我们的尼龙颗粒加工的
产量一定会大幅度提高，用水量一定会激增，废水也会大量增加。
从节约用水、循环利用的角度来看，污水处理这个项目早晚都得
上，既然非上不可，那么晚上不如早上。况且，国家对这种项目现
在还有经济补贴。"

　　二〇〇八年十一月，经过村委会、村民代表大会反复讨论后集
体表决：立即上马建造污水处理厂！并决定由村集体控股的公司负
责筹集经费，建成投入使用后，以加工户的用水量计费，实行市场
化运营。

　　二〇〇九年二月，西棘荡村污水处理厂正式立项，五个月后
开工建设，如今，这座投资一千两百万元的污水处理厂早已投入使
用，它是连云港市首家村级污水处理厂，它为西棘荡村的可持续发
展铺平了一条绿色大道，也为环境保护和生态文明建设谱写了又一
新乐章。

　　钟佰均的远见卓识不只体现在提前建造污水处理厂上。金融危
机给村里的生产带来的巨大损失让他强烈地意识到：企业只有做大
做强，才能抗击多种意外风险。要想做大做强，就必须转型升级，
就必须关、停、并、转一批企业。这不仅是企业发展的需要，也是
国家环评标准的要求。

　　根据国家环评标准，钟佰均果断决定实施"三个一批"工程，

即关掉一批（设备落后、加工能力小的加工厂关掉）、保留一批（规模较大、有一定潜能的予以保留）、转产一批（推动部分加工厂向生产链的下游产品转移）。他说：为了今后的大发展，我们必须下力气忍痛淘汰落后产能，提升产业的科技水平。

钟佰均的这一具有前瞻性的举措逐渐得到了村民们的理解和配合，却也惹怒了部分被关停的加工户。

他们找到钟佰均，当面质问："我们辛辛苦苦地挣钱购买机器设备，你凭什么就不让我们生产了？这么多年大家不都是这样生产的吗？不是一样也挣到钱了吗？"钟佰均不厌其烦地讲道理，向他们解释其中的原因。他推心置腹地说，村里的粗放型分散式生产方式，以及较为低端的产品，是走不远的，早晚要被淘汰，只有升级转型、集中发展、绿色发展才是唯一的出路。

为了让大家真正从思想上转变过来，他先后八次组织党员、干部、村民代表两百余人，到苏南经济发达地区参观学习，亲身感受企业转型升级、绿色发展的理念和显著成果。一批批的参观者回村后广泛地进行宣传，他们成为推进落实"三个一批"工程的中坚力量。

精诚所至，金石为开。钟佰均的苦口婆心终于被关停户们所理解和支持。他们表示，为了西棘荡村更好地发展，甘愿做出一些牺牲。

很快，西棘荡村关停合并了尼龙颗粒加工小企业四十多家，转产十多家，一批自主研发设计的海洋渔业塑料深加工产业蓬勃发展。

就在笔者的这篇文章完稿落笔之际，即二〇一七年十月十二日晚，中央电视台的《新闻联播》播报了《中共中央国务院关于开展

质量提升行动的指导意见》，该《意见》的颁布再次印证了钟佰均所具有的远见卓识。

村北的那座跨省的绣针河大桥，因为种种原因停止施工。钟佰均多次去走访对岸的村民，拜访山东日照方面的有关领导，经过多方斡旋，项目终于重新开工。不久之后，大桥建成通车，昔日"口袋村"的口袋终于"洞穿"，来来往往的打工者、进进出出的运输车辆川流不息，一派繁荣景象。亮晶晶的绣针河水与宽阔美观的大桥交叉成一个巨大的"红十字"，治愈了千百年来形成的"梗阻"顽疾。

钟佰均终于可以松一口气了，但直觉告诉他，企业的发展如逆水行舟，不进则退。他一刻也不敢停下脚步，他要借助已建成的污水处理厂和"关、停、并、转"的成功实施，建立工业集中区，把一百多家加工厂全部搬迁进来，实行规模化的集中生产，实行污水集中处理、废料集中收集、废气高效净化。

为了企业的稳定快速健康发展，为了西棘荡村的美好未来，钟佰均又开始筹划创办"棘荡循环经济产业园"。这个高起点、高标准的产业园将进一步提升加工产业的科技水平，助推西棘荡村加速驶入稳步发展、绿色发展的轨道，它也将为钟佰均的远见卓识再次写下浓墨重彩的一笔。

七、壁立千仞

清代两广总督林则徐查禁鸦片时期，在府衙写下一副对联："海纳百川，有容乃大；壁立千仞，无欲则刚。"上联告诉自己，要广泛听取多种意见，才能把事情办好；下联砥砺自己，当官必须坚决杜绝私欲，才能像大山那样刚正不阿，屹立世间。这副对联简直就是钟佰均的真实写照，尤其是下联。

"吃人家的嘴软，拿人家的手短"，嘴软了，手短了，办事还能公正吗？钟佰均深知此理。上任之初，他就给自己"约法三章"："不吃老百姓的饭，不收老百姓的礼，不在家里办公。"并请全体村民和家人监督。

记不清有多少次了，有人请他赴宴，有人请他吃个便饭，有人提着礼品上门请他办事，有人得到他的帮助后，送点礼物表示感谢，还有人悄悄地送来他喜欢的花草……凡此种种，钟佰均一律拒绝！天长日久，村民们都知道找钟书记办事不用送礼，也不敢送礼。

早在上任之初，钟佰均就经过和党员干部的协商，决定在村里实行"党支部提议，村委商议，村民代表听证"的"三合一"决策程序，用一张权力清单规范处理村里所有的重大事项。村里无论大事小事，或是财务收支，都要在村务栏张榜公布，还要在大喇叭里广播，让全体村民都来监督。

　　村里的一位副书记，是钟佰均的同学，从小一起长大，情同兄弟。在旧城改造时，这位副书记负责新楼房的统一规划，在划地放线时，不小心给一家户主多划了些面积。村民们发现了，告到钟佰均那里，钟佰均马上"请"来这位副书记，对他说：你知道不知道这个错误违反了公平的原则，你这样让老百姓怎么信任我们？副书记说：当时手忙脚乱，难免出错，你就给我这个老同学一个面子，下不为例好吗？

　　钟佰均发火了："正因为你是我的老同学，我更应该严格要求你，你必须马上改正，没有下不为例！"最后，副书记心服口服，认认真真地去改正了错误。

　　二○一四年，村里决定开建养老中心。招标工作还没有开始，钟佰均身为一个建筑队队长的堂弟看到有挣钱的机会，一天晚上来到钟佰均家里，想私下打听该工程的招标底价，以确保自己的工程队能够中标。他没有想到，钟佰均断然拒绝，并对他进行了严肃的批评。

　　"刚正不阿，如墨线过木曲也正；清正廉洁，似明矾入水浊亦清。"这是钟佰均非常喜欢的一副对联，也是他最爱说的一句话。他的妻子王均莲对他说："自从你当了书记，我们家的亲朋好友都让你得罪光了！"可是西棘荡的村民却编了一首歌谣："'六亲不认'钟书记，谁做错了不客气，心有正义和公平，做事人人都满意。"

　　钟佰均的刚正不阿、清正廉洁远近闻名。

无私才能无畏。钟佰均不为金钱所诱，不为亲情所动，不为威胁所惧，他在村里的威望也越来越高。如今，村里令行禁止，歪风邪气早已销声匿迹，他真正做到了"壁立千仞，无欲则刚"。

八、荆棘花环

"遍地土坯房，穷得叮当响。"世世代代以种田为生的西棘荡人做梦也没有想到，在钟佰均的带领下，如今村里办起了数百家工厂，全村的工农业总产值已达 2.2 亿元，每年上缴税款一千一百多万元，村民们家家住新楼，户户有存款。

村民在刚刚富裕之后，有的人就想用家中的余钱翻盖住宅楼。心中早有规划的钟佰均对那些急于翻盖住宅楼的村民说，现在还是产业发展初期，财力还嫌不足，你们要是盖了房，钱就死了，如果用来发展你们的产业，等到资金充足了，村里统一规划，再来建设高标准的别墅，不是更好吗？

这使我想起了"昆山之路"中的"富规划，穷开发"。早在改革开放初期，昆山的城市建设走的就是一条"富规划，穷开发"的成功之路，那就是：所有的建设规划一定是最新最美的，但在实际开发建设中，有多少财力就开发建设多少，不降低标准，直至最终完成最新最美的"富规划"，以避免今天建了，明天不满意再拆，造成大量的浪费。

钟佰均的思路与"昆山之路"不谋而合。他宣布：五年之内不

批宅基地，不批翻盖住宅。

几年后，村民们的富裕程度都显著提高了，村集体请来南京规划设计院的专家，对全村的建设进行了全面的规划，并且投入了一千万元，建设村里的公共设施，不要村民们的一分钱。

钟佰均说：我们发展经济，归根到底，就是要给村民们创造一个良好的环境，提高村民的幸福感。现在我们的口袋富了，还要富脑袋，只有富了脑袋，口袋才能富得长久。

二〇〇七年，随着工业的发展和人口的显著增加，西棘荡村成立了党委，下设工业、农业、老年和个体私营四个党支部。党委把党建工作与群众致富、跨越发展紧密结合，充分发挥战斗堡垒作用和党员的先锋模范作用，以村民为主角，以民间文艺为载体，搭建起群众性的精神文明阵地——"乡村大舞台"，陶冶村民情操，提升村民的文明层次，使西棘荡村真正成为"文明村"。

如今，统一规划建设的村民别墅代替了昔日的土坯房，一条条绿树成荫的景观大道代替了烂泥路。

新建的教学楼宽敞明亮，村小学的面貌焕然一新，"小升初"的成绩全镇第一。

设施齐全的敬老院里，老人们安度晚年，蹲墙根度日如年的历史一去不复返。

村里的困难户得到了妥善的安置，走出了困境，扶贫济困的爱心基金已经建立。

"十星级文明户""最美村民""好媳妇""好婆婆"的评选年年

进行，"孝老爱亲"奖年年颁发。

"晒家训，扬美德"的活动评选出一千两百条优秀家训，好家风带动了好村风。

"关爱家乡、邻里守望、助人为乐"的"乡贤榜"年年发布，投资八十万元的"乡贤园"在全镇率先建成，乡贤们的事迹和高尚的道德情操广为传播，乡亲们耳濡目染，精神境界逐步提升……

如今的西棘荡村到处洋溢着现代化的生活气息和美丽乡村的新气象。

钟佰均用他的精神光芒照亮了这个曾经的穷乡僻壤，村民们的心里越来越敞亮。

整整二十年，钟佰均，这个土生土长的西棘荡人，不怕刺痛，不怕流血，带领村民用坚韧的生命将满是尖刺的荆棘编织成一只绚丽的花环，高悬于江苏的北大门，让来来往往的人们惊羡它的壮美！